KB183049

1973년의 핀볼
1973年のピンボール

1973 NEN NO PINBORU
by Haruki Murakami
Copyright © 1980 by Harukimurakami Archival Labyrinth
All rights reserved.

Originally published in Japan by Kodansha Ltd., Tokyo.
Korean translation rights arranged with Harukimurakami Archival Labyrinth, Japan
through THE SAKAI AGENCY and BOOKPOST AGENCY.

Korean translation copyright © 2004 by Munhaksasang, Inc.

이 책의 한국어판 저작권은 북포스트 에이전시와 사카이 에이전시를 통한
저작권자와의 독점 계약으로 ㈜문학사상이 소유합니다.
저작권법에 의해 한국 내에서 보호를 받는 저작물이므로
무단 전재와 복제를 금합니다.

1973년의

핀볼

무라카미 하루키

장편소설

윤성원 옮김

문학사상

나 스스로 이 소설에 대해서는 깊은 애착을 갖고 있다.

이 작품을 쓸 때는 쓰고 싶어 견딜 수가 없었고, 술술 써나갔다.

작품이 자립하여 홀로서기를

시작하게 된 것이다.

차례

1973년의 핀볼

11

Pinball

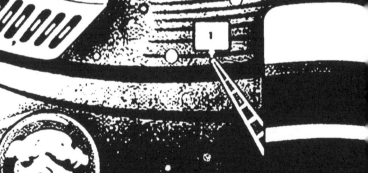

1969—1973

나는 낯선 고장에 대한 이야기를 듣는 걸 병적일 만큼
좋아했다.

10년이나 지난 일이지만, 한때는 닥치는 대로 주변 사
람들을 붙잡고 태어난 곳이나 자란 고장에 관한 이야기
를 물어보기도 했다. 남의 이야기를 자진해 들어주는 사
람이 아주 적은 시절이어서 그랬는지, 다들 친절하게 그
리고 열심히 내게 이야기해줬다. 전혀 모르는 사람이 어
딘가에서 내 소문을 듣고 이야기를 해주러 일부러 찾아
오기도 했다.

그들은 마치 말라버린 우물에 돌멩이라도 던져 넣듯이
내게 참으로 다양한 이야기를 들려줬고, 이야기를 마친
후에는 한결같이 만족해하며 돌아갔다. 어떤 사람은 기분
좋은 얼굴로 이야기했고, 어떤 사람은 화를 내면서 이야
기했다. 정말 요령 있게 이야기하는 사람도 있었고, 처음
부터 끝까지 도무지 무슨 뜻인지 알 수 없는 이야기를 하
는 사람도 있었다. 지루한 이야기도 있었고, 눈물을 자아

내는 슬픈 이야기도 있었고, 농담이 절반쯤 섞인 말도 안 되는 이야기도 있었다. 그래도 나는 되도록 진지하게 그들의 이야기에 귀를 기울였다.

이유는 알 수 없지만, 사람들은 모두 누군가에 대해 혹은 세계에 대해 무엇인가를 열심히 전하고 싶어 했다. 나는 그 모습을 보며 종이 박스에 빽빽이 채워진 원숭이들을 떠올렸다. 나는 그 원숭이들을 한 마리씩 박스에서 꺼내 정성껏 먼지를 턴 다음, 엉덩이를 찰싹 때려 들판에 풀어줬다. 그들이 그 뒤 어떻게 되었는지는 모른다. 틀림없이 어딘가에서 도토리라도 까먹으며 죽었을 것이다. 결국 그런 운명이었던 것이다.

그 일은 정말이지 힘만 많이 들고 얻는 건 적은 작업이었다. 지금 와서 생각해보니 만약 그해에 '남의 이야기를 열심히 듣기 세계 콩쿠르'가 열렸다면, 내가 챔피언이 되었을 것 같다. 그리고 상품으로 부엌에서 쓸 성냥 정도는 받을 수 있었을지도 모르겠다.

내가 이야기한 상대 중에는 토성에서 태어난 사람과 금성에서 태어난 사람이 한 명씩 있었다. 그들의 이야기는 무척 인상적이었다. 우선 토성에서 태어난 사람의 이야기부터 해보자.

그는 "거긴… 굉장히 추워. 생각만 해도 머리가 돌아버릴 정도지"라고 신음하듯이 말했다.

그는 어떤 정치적인 그룹에 속해 있었는데 그 그룹은 대학의 9호관을 점거하고 있었다. '행동이 사상을 결정한다. 그 반대는 있을 수 없다'라는 것이 그들의 모토였다. 무엇이 행동을 결정하는지에 대해서는 아무도 가르쳐주지 않았다. 그런데 9호관에는 냉수 탱크와 전화기와 급탕 설비가 갖춰져 있었고, 2층에는 2천 장의 레코드와 알텍 A5 스피커를 갖춘 깔끔한 음악실도 있었다. 그곳은 (예를 들어 경륜장의 화장실 냄새 같은 게 나는 8호관에 비하면) 천국이었다. 그들은 매일 아침 뜨거운 물로 깨끗이 수염을 깎고, 오후에는 마음 내키는 대로 여기저기에 실컷 장거리전화를 걸고, 날이 저물면 모두 함께 모여서 음악을 들었다. 덕분에 가을이 끝날 무렵에는 모두가 클래식 마니아가 되어 있을 정도였다.

기분 좋게 활짝 갠 11월의 어느 날 오후, 제3기동대가 9호관에 돌입했을 때는 비발디의 「조화의 영감」이 큰 소리로 흐르고 있었다고 하는데, 사실인지 아닌지는 알 수가 없다. 1969년의 마음 따뜻해지는 전설 중 하나다.

바리케이드 대신 위태롭게 쌓아 올린 긴 의자 밑을 내

가 빠져나갔을 때는 하이든의 G단조 피아노 소나타가 희미하게 들려오고 있었다. 동백꽃이 피어 있는 고지대의 언덕길을 올라 여자 친구 집을 찾아갈 때의 그리운 분위기 그대로였다. 그는 내게 제일 좋은 의자를 권하고 나서 이학부 건물에서 슬쩍한 비커에 미지근한 맥주를 따라줬다.

"게다가 인력이 굉장히 강해"라며 그는 토성에 대한 이야기를 계속했다. "껌을 뱉었다가 그 껌 쪼가리가 발에 떨어져 발등이 부서진 녀석도 있지. 지, 지옥이라구."

나는 2초가량 사이를 두었다가 "그렇구나" 하고 맞장구를 쳤다. 그때까지 나는 300가지 정도의 참으로 다양한 맞장구치는 법을 터득했다.

"태, 태양은 아주 작아. 홈베이스 위에 올려놓은 귤을 외야에서 보는 것만큼이나 작지. 그래서 항상 어두운 거야."

그러고 나서 그는 한숨을 내쉬었다.

"왜 모두들 떠나지 않지? 좀 더 살기 좋은 별이 많이 있을 텐데?" 나는 그렇게 물어봤다.

"나도 모르지. 아마 자기가 태어난 별이기 때문일 거야. 그, 그런 거라구. 난 대학을 졸업하면 토성으로 돌아갈 거야. 가서 후, 훌륭한 나라를 만들겠어. 혀, 혀, 혁명이라구."

어쨌든 나는 멀리 떨어진 곳에 관한 이야기를 듣는 게 좋다. 나는 겨울잠에 들어가기 전, 지방을 비축하는 곰처럼 그런 이야기를 여러 개 비축해두고 있다. 눈을 감으면 거리가 떠오르고, 집들이 생겨나고, 사람들의 목소리가 들려온다. 먼 곳의, 그리고 영원히 서로 만날 일이 없을 것 같은 사람들의 여유 있으면서도 확실한 삶의 일렁임을 느낄 수도 있다.

*

나오코도 몇 번인가 그런 이야기를 들려줬다. 나는 그녀가 한 이야기를 한마디도 빼놓지 않고 기억하고 있다.

"뭐라고 불러야 좋을지 모르겠어."

나오코는 햇볕이 잘 드는 학교 휴게실에 앉아서 한쪽 팔로 턱을 괸 채 귀찮은 듯이 그렇게 말하고는 웃었다. 나는 그녀가 말을 잇기를 참을성 있게 기다렸다. 그녀는 언제나 느릿느릿, 그리고 정확한 단어를 찾으면서 이야기했다.

마주 보고 앉은 그녀와 나 사이에는 빨간 플라스틱 테이블이 있고, 그 위에는 담배꽁초가 가득 찬 종이컵이 하나 놓여 있었다. 높은 창으로부터 루벤스의 그림처럼 비처 든 햇살이 테이블 한가운데에 선명하게 명암의 경계선을 긋고 있었다. 테이블에 올려놓은 내 오른손은 빛 속에, 그리고 왼손은 그늘 속에 있었다.

1969년 봄, 우리는 스무 살이었다. 새 가죽 구두를 신고, 새 강의 요강을 품에 안고, 머리에 새 뇌수를 채워 넣은 신입생들 때문에 휴게실은 발 들여놓을 틈조차 없었다. 우리 옆에서는 줄곧 누군가가 누군가와 부딪치고는 서로 투덜거리거나 서로 사과했다.

"아무튼 도시라고 할 수도 없어" 하고 그녀가 말을 이었다. "일직선으로 선로가 있고 역이 있어. 비가 오는 날에는 기관사가 보지 못하고 그냥 지나칠 정도로 보잘것없는 역이야."

나는 고개를 끄덕였다. 우리는 30초가량 잠자코 햇빛 속에서 흔들리는 담배 연기를 멍하니 바라봤다.

"언제나 개가 플랫폼 이 끝에서 저 끝까지 어슬렁거리며 다니고 있는, 그런 역이야. 알겠지?"

나는 고개를 끄덕였다.

"역을 나서면 조그만 교차로가 있고 버스 정류장이 있어. 그리고 상점이 몇 개 있어… 잠이 덜 깬 것 같은 상점들이. 그곳을 곧장 지나가면 공원이 나와. 공원에는 미끄

럼틀 한 개와 그네 세 개가 있어."

"모래밭은?"

"모래밭?"

나오코는 천천히 생각하고 나서 확인하듯이 고개를 끄덕이며 "있어" 하고 대답했다.

우리는 다시 입을 다물었다. 나는 다 타버린 담배를 종이컵 속에 조심스럽게 비벼 껐다.

"끔찍하게 따분한 거리야. 도대체 무슨 목적으로 그렇게 따분한 도시가 생겨났는지 상상도 못 하겠어."

"신은 여러 가지 형태로 모습을 나타내시지." 나는 그렇게 말해봤다.

나오코는 고개를 흔들며 혼자 웃었다. 성적표에 줄줄이 A를 받은 여학생에게서 흔히 볼 수 있는 그런 웃음이었는데, 그 웃음은 기묘하게 오랫동안 내 마음속에 남았다. 마치 『이상한 나라의 앨리스』에 나오는 체셔 고양이처럼, 그녀가 사라진 뒤에도 그 웃음만은 남아 있었다.

그건 그렇고 플랫폼을 이 끝에서 저 끝까지 왔다 갔다 한다는 개를 꼭 만나보고 싶었다.

*

   그로부터 4년 뒤인 1973년 5월, 나는 혼자 그 역을 찾아 갔다. 개를 보기 위해서였다. 그러기 위해 나는 수염을 깎 고 반년 만에 넥타이를 매고, 새 말가죽 구두를 꺼내 신었다.

*

   당장이라도 녹이 슬 것만 같은 처량한 두 량짜리 교외 전철에서 내리자, 맨 먼저 그리운 풀 냄새가 코를 찔렀다. 까마득한 옛날, 소풍 때의 냄새다. 5월의 바람은 그처럼 시간의 저편에서 불어왔다. 얼굴을 들고 귀를 기울이면 종달새의 노랫소리까지 들린다.

   나는 길게 하품하고 역 벤치에 앉아 지겨운 기분으로 담배를 한 개비 피웠다. 아침 일찍 아파트를 나설 때의 신 선한 기분은 이미 완전히 사라지고 없었다. 모든 것이 똑 같은 일의 반복에 지나지 않는다는 생각이 들었다. 끝없 는 기시감, 되풀이될 때마다 악화되어간다.

   전에 친구 몇 명과 한방에서 지냈던 적이 있다. 새벽녘 에 누군가가 내 머리를 밟고는 미안하다고 말한다. 그러고 나서는 소변보는 소리가 들린다. 반복이다.

　나는 넥타이를 느슨하게 풀고 담배를 입에 비스듬히 문 채 아직 발에 익지 않은 가죽 구두 굽을 콘크리트 바닥에 북북 문질러봤다. 발의 아픔을 덜어보기 위해서였다. 통증은 그다지 심하지 않았지만, 마치 몸이 몇 개의 부분으로 절단되어버린 것 같은 위화감을 계속 느꼈다.

　개의 모습은 보이지 않았다.

*

　위화감….

　나는 종종 그런 느낌을 갖는다. 조각들이 뒤섞여 있는 두 종류의 퍼즐을 동시에 짜맞추고 있는 것 같은 기분이다. 어쨌든 그럴 때는 위스키를 마시고 자는데 아침에 일어나면 상황은 더욱 악화되어 있다. 그런 생활의 반복이다.

　눈을 떴을 때, 양옆에 쌍둥이 자매가 누워 있었다. 여자와의 잠자리는 지금까지 여러 번 경험한 일이지만, 양옆에 쌍둥이 자매가 누워 있는 건 처음이었다. 두 사람은 내 양쪽 어깨에 코끝을 대고 기분 좋게 잠들어 있었다. 맑게 갠 일요일 아침이었다.

이윽고 두 사람은 거의 동시에 눈을 뜨더니 침대 아래에 벗어 던졌던 셔츠와 청바지를 주섬주섬 주워 입었다. 그리고 서로 한마디 말도 없이, 부엌에서 커피를 끓이고 토스트를 구운 다음 냉장고에서 버터를 꺼내 식탁에 늘어놓았다. 아주 익숙한 솜씨였다. 창밖의 골프장 철조망에는 이름도 모르는 새가 앉아서 기관총을 쏘듯이 울어대고 있었다.

"이름이 뭐야?"

나는 두 사람에게 물어봤다. 어젯밤 마신 술 때문에 머리가 깨질 것 같았다.

"남에게 말할 만한 이름이 아니야." 오른쪽에 앉은 여자가 말했다.

"대단한 이름은 아니야. 무슨 말인지 알겠지?" 왼쪽 여자가 말했다.

"알았어."

우리는 식탁에 마주 앉아서 토스트를 먹고 커피를 마셨다. 아주 맛있는 커피였다.

"이름이 없으면 불편해?" 한쪽이 물었다.

"글쎄."

두 사람은 한참 동안 생각에 잠겼다.

"꼭 이름이 필요하면 적당히 붙여서 불러." 다른 쪽이 제안했다. "네 마음대로 부르면 돼."

쌍둥이는 계속 번갈아가며 이야기했다. 마치 FM 방송의 스테레오를 점검하듯이. 그 때문에 머리가 더 아팠다.

"예를 들면?"

"오른쪽과 왼쪽." 한쪽이 말했다.

"세로와 가로." 다른 쪽이 말했다.

"위와 아래."

"겉과 속."

"동쪽과 서쪽."

"입구와 출구." 나는 지지 않으려고 가까스로 그렇게 덧붙였다.

두 사람은 서로 얼굴을 마주 보고 만족스러운 듯이 웃었다.

*

입구가 있으면 출구가 있다. 대부분은 그런 식으로 되어 있다. 우체통, 진공청소기, 동물원, 양념통. 물론 그렇지 않은 것도 있다. 예를 들면 쥐덫.

*

아파트 싱크대 밑에 쥐덫을 설치한 적이 있다. 페퍼민트 껌을 미끼로 썼다. 온 방 안을 뒤졌지만 먹을 거라고 부를 만한 건 껌밖에 눈에 띄지 않았기 때문이다. 겨울 코트 주머니에서 극장 입장권 반 조각과 함께 껌을 찾아냈다.

사흘째 되는 날 아침에 작은 쥐가 그 덫에 걸려 있었다. 런던의 면세점에 쌓여 있던 캐시미어 스웨터 같은 색깔의 아직은 어린 쥐였다. 사람으로 치면 열다섯 살이나 열여섯 살 정도일 것이다. 안쓰러운 나이다. 껌 조각이 발밑에 굴러다니고 있었다.

잡기는 했지만 어떻게 해야 좋을지 알 수가 없었다. 뒷발이 덫에 끼인 채 쥐는 나흘째 되는 날 아침에 죽었다. 그 쥐의 모습은 내게 교훈을 남겨줬다.

모든 사물에는 반드시 입구와 출구가 있어야 한다. 그냥 그렇다는 말이다.

*

선로는 언덕을 따라서, 마치 자를 대고 그린 것처럼 일직선으로 뻗어 있었다. 저 멀리로는 칙칙한 녹색 잡목림이 종이를 구겨놓은 것 같은 모양으로 조그맣게 보였다. 두 개의 레일은 햇빛을 둔탁하게 반사하면서 서로 겹치듯이 녹음 속으로 사라졌다. 틀림없이 가도 가도 똑같은 풍경이 영원히 계속될 것이다. 그렇게 생각하자 지겨워졌다. 그럴 바에야 지하철이 훨씬 낫다.

나는 담배를 피운 후 몸을 쭉 펴고 하늘을 바라봤다. 하늘을 바라보는 건 오랜만이었다. 아니, 무엇인가를 여유 있게 바라보는 행위 자체가 실로 오래간만이었다.

하늘에는 구름 한 점 없었다. 그러면서도 전체가 봄 특유의 뿌옇고 불투명한 베일에 싸여 있었다. 분명하게 보이지 않는 그 베일에 하늘의 푸르름이 조금씩 스며들려 하고 있었다. 햇살은 미세한 먼지처럼 소리 없이 대기 속으로 내려와 아무도 모르게 땅 위에 쌓였다.

따뜻한 바람이 햇살을 흔든다. 마치 나무들 사이를 떼지어 옮겨 다니는 새처럼 공기가 천천히 흐른다. 바람은 선로가 있는 완만한 녹색 경사면을 미끄러져 내려가 궤도를 넘어 나뭇잎을 흔들지 않고 숲을 빠져나간다. 그리고 뻐꾸기의 울음소리가 한 줄기, 부드러운 빛 속을 가로질러 건너편 능선으로 사라져간다. 언덕은 몇 개의 기복을 이루며 일렬로 줄지어 있고, 잠든 거대한 고양이처럼 시간의 양지바른 곳에 웅크리고 있다.

*

발의 통증이 한층 더 심해졌다.

*

우물에 대해서 이야기하자.

나오코는 열두 살 때 이 고장으로 이사 왔다. 1961년, 양력으로 하면 그렇게 된다. 리키 넬슨이 「헬로 메리 루Hello Mary Lou」를 노래했던 해다. 그 당시 이 평화로운 초록 골짜기에 사람들의 눈길을 끌 만한 것은 아무것도 없었다. 몇 채의 농가와 얼마 안 되는 밭, 가재가 많이 서식하는 강, 단선 교외 전철과 하품이 나올 것 같은 역, 그뿐이었다. 대부분의 농가의 뜰에는 감나무가 심겨 있고, 뜰 한구석에는 오랜 세월 비바람에 시달려 몸을 기대는 순간 폭삭 무너져 내릴 것 같은 헛간이 있고, 선로에 면한 헛간

벽에는 화장지나 비누를 선전하는 양철로 만든 현란한 광고판이 붙어 있었다. 정말 그런 동네였다. 개조차 없었어,라고 나오코는 말했다.

그녀가 이사 와 살던 집은 한국전쟁 때 세워진 2층짜리 양옥이었다. 그다지 넓지는 않았지만, 굵직하고 튼튼한 기둥과 용도에 따라 꼼꼼하게 골라 사용한 양질의 목재 덕분에 묵직하니 중량감이 있어 보였다. 외벽은 세 단계로 나뉜 짙고 옅은 녹색으로 칠해져 있었는데, 각각 햇빛과 비와 바람을 맞아 보기 좋게 색이 바래서, 주위 풍경에 아주 잘 녹아들어 조화를 이루고 있었다. 넓은 뜰에는 몇 무더기의 수풀과 조그만 연못이 있었다.

수풀 속에는 아틀리에 대신으로 쓰던 아담한 팔각형 정자가 있었고, 밖으로 돌출된 창에는 본래 어떤 색깔이었는지 전혀 알 수 없게 되어버린 레이스 커튼이 걸려 있었다. 연못에는 수선화가 만발해 있었고, 아침이면 새들이 모여들어 그곳에서 한껏 물을 뒤집어썼다.

집의 설계자이기도 한 첫 번째 거주자는 늙은 서양화가였는데, 그는 나오코가 이사 오기 바로 전해 겨울에 폐병을 앓다가 죽었다. 1960년, 바비 비가 「러버 볼Rubber Ball」을 부른 해다. 비가 몹시 많이 내린 겨울이었다. 이 고장에는 눈이 거의 내리지 않지만, 그대신 굉장히 차가운 비가 내린다. 비는 땅속으로 스며들어 땅 위를 축축하고 차갑게 만들었다. 그리고 땅속을 달콤한 지하수로 가득 채웠다.

　역에서 5분 정도 선로를 따라 걸어가면 우물 파는 사람의 집이 있었다. 그곳은 강가의 습한 저지대로, 여름이 되면 모기와 개구리가 집 주위를 잔뜩 에워쌌다. 우물 파는 사람은 쉰 살 남짓의 꽤나 까다롭고 완고한 사나이였는데, 우물 파는 일에서만큼은 그야말로 천재였다. 우물을 파달라는 의뢰를 받으면, 그는 우선 의뢰한 집의 부지를 며칠 동안 돌아다니며 투덜투덜 불평을 늘어놓으면서 사방의 흙을 손으로 긁어 냄새를 맡았다. 그러다가 물이 나올 만한 지점을 찾아내면 동료 인부들을 몇 명 불러서 땅속을 일직선으로 파내려갔다.
　덕분에 이 고장 사람들은 맛있는 우물물을 마음껏 마실 수 있었다. 컵을 든 손까지도 투명해질 정도로 맑고 차가운 물이었다. 사람들은 후지산의 눈이 녹은 물이라고들 했지만 그건 거짓말일 게 뻔했다. 후지산의 눈 녹은 물이 여기까지 올 리가 없으니까.
　나오코가 열일곱 살 되던 해 가을, 우물 파는 사람은 전철에 치여 죽었다. 억수같이 내린 비와 차가운 술과 난청 때문이었다. 시신은 몇천 개의 살점이 되어 주변 들판에 흩어졌고, 양동이 다섯 개 분량이나 되는 살점을 회수하는 동안 일곱 명의 경찰관은 끝에 갈퀴가 달린 막대기로 굶주린 들개 무리를 계속해서 쫓아야만 했다. 한 양동이 정도는 강에 떨어져서 연못으로 흘러 들어가 물고기 밥이 되었지만.

그에겐 아들이 두 명 있었지만 둘 다 아버지의 뒤를 잇지 않고 이 고장을 떠났다. 그리고 남겨진 집은 누구 한 사람 찾아오지 않는 폐가가 되어 오랜 세월에 걸쳐 천천히 무너져 내렸다. 그후 이 고장에서는 맛있는 물이 나오는 우물을 얻기가 어려워졌다.

나는 우물을 좋아한다. 우물을 볼 때마다 돌멩이를 던져 넣어본다. 돌멩이가 깊은 우물의 수면을 때릴 때 내는 소리만큼 마음을 가라앉혀주는 건 없다.

*

1961년 나오코네 가족이 이 고장으로 이사 오게 된 건 그녀의 아버지 혼자만의 생각에 의해서였다. 죽은 노화가

와 친한 친구였기 때문이기도 하고, 이 고장이 마음에 들었기 때문이기도 하다.

나오코의 아버지는 그 분야에서 조금 이름이 알려진 불문학자였던 모양인데, 나오코가 초등학교에 들어갈 무렵에 갑자기 대학교수직을 그만두고 그후엔 마음 내키는 대로 이상한 고서나 번역하면서 속 편하게 지냈다. 타락한 천사나 파계승, 악마 추방, 흡혈귀에 관한 책들이었다. 나도 자세히는 모른다. 딱 한 번 잡지에 실린 그의 사진을 본 적이 있을 뿐이다. 나오코의 이야기에 따르면, 젊었을 때는 꽤나 재미있고 괴팍한 인생을 보낸 인물인 것 같고, 그런 분위기는 사진 속의 풍모에서도 어느 정도 엿볼 수 있었다. 사진 속에서 그는 사냥 모자에 검은 안경을 쓰고, 카메라 렌즈의 1미터 위쯤을 힘차게 노려보고 있었다. 어쩌면 뭔가가 보였는지도 모른다.

*

나오코네가 이사 왔을 당시, 이 고장에는 그런 종류의 좀 색다른 문화인들이 모인 막연한 형태의 마을이 형성되어 있었다. 그것은 흡사 제정 러시아 시대에 사상범들을 보내던 시베리아 유형지와 비슷했던 것 같다.

유형지에 대해서는 트로츠키의 전기에서 좀 본 적이 있다. 그런데 어찌 된 셈인지 바퀴벌레와 순록 이야기만 지금까지도 똑똑히 기억하고 있다. 그러면 순록의 이야기를….

트로츠키는 어둠을 틈타 순록 썰매를 훔쳐 타고 유형지를 탈출했다. 꽁꽁 얼어붙은 은백색의 황야 위를 네 마리의 순록이 전속력으로 달렸다. 그들이 내뱉는 숨결은 하얀 덩어리가 되었다가 흩어졌고, 발굽은 처녀설處女雪을 사방으로 흩뿌렸다. 이틀 후 역에 도착했을 때, 순록들은 피로에 지쳐 쓰러지더니 두 번 다시 일어나지 못했다. 트로츠키는 죽은 순록들을 끌어안고 눈물을 흘리면서 마음속으로 맹세했다. 나는 무슨 일이 있어도 이 나라에서 정의와 이상과 혁명을 실현하겠노라고. 붉은광장에는 지금도 이 네 마리의 순록 동상이 각각 동서남북, 네 방향을 바라보며 서 있다. 스탈린조차 이 순록 동상을 파괴할 수는 없었다. 모스크바를 방문하는 사람들은 토요일 아침 일찍 붉은광장을 구경하는 게 좋다. 볼이 빨개진 중학생들이 하얀 숨을 내쉬면서 순록 동상을 청소하는 상쾌한 모습을 볼 수 있기 때문이다.

…마을에 관한 이야기다.

그들은 역에서 가깝고 편리한 평지를 피해서, 일부러 산 중턱에 각자 생각대로 집을 지었다. 집집마다 정원이 매우 넓어서, 정원 안에는 잡목림이나 연못이나 언덕이 그대로 남아 있었다. 어떤 집의 정원에는 진짜 은어가 헤엄쳐 다니는 맑은 시냇물까지 흘렀다.

그들은 이른 아침에 산비둘기 소리에 눈을 떴고, 너도밤나무의 열매를 밟으며 정원을 산책했고, 산책하다 멈춰 서서는 잎사귀 사이로 비쳐 드는 아침 햇살을 올려다봤다.

그러나 시간이 흘러, 도심에서 빠른 속도로 진행된 주택화 물결이 미약하긴 하지만 이 고장에도 영향을 미쳤다. 도쿄 올림픽을 전후한 때였다. 산에서 내려다보면 마치 풍요로운 바다처럼도 보였던 일대의 뽕나무밭이 불도저에 의해 검게 짓뭉개지고, 역을 중심으로 단조로운 주택가가 조금씩 형성되어갔다.

새로운 주민들의 대부분은 중견 샐러리맨으로, 아침 다섯 시가 조금 지나면 일어나서 세수하는 시간도 아까워하며 전철에 올라탔다가 밤늦은 시간이 되어서야 초주검이 되어 집으로 돌아왔다.

그런 까닭에 그들이 느긋하게 동네나 자신의 집을 바라볼 수 있는 시간은 일요일 오후뿐이었다. 그들은 대체로 약속이나 한 듯이 개를 길렀다. 개들은 계속 교배했고, 강아지는 점차 들개가 되어갔다.

옛날에는 개조차 없었다고 나오코가 말한 건 그런 뜻이었다.

*

한 시간쯤 기다렸지만 개는 나타나지 않았다. 나는 열 개비 정도의 담배에 불을 붙였다가, 밟아 껐다. 플랫폼의 가운데까지 걸어가 수도꼭지에서 나오는, 손이 잘려 나갈 것처럼 차갑고 맛있는 물을 마셨다. 그래도 개는 나타나지 않았다.

역 근처에는 넓은 연못이 있었다. 강을 막아놓은 것 같은 형태의 좁고 구불구불한 연못이었다. 주위에는 키가 큰 수초가 무성하고, 이따금 수면 위로 물고기가 뛰어오르는 게 보였다. 남자 몇 명이 거리를 두고 앉아서 부루퉁하니 입을 다문 채 칙칙한 색깔의 수면에 낚싯줄을 드리우고 있었다. 낚싯줄은 마치 수면에 꽂힌 은 바늘처럼 전혀 움직이지 않았다. 아련한 봄 햇살 아래서 낚시꾼이 데려온 듯한 커다란 흰 개가 클로버 냄새를 열심히 맡으며 돌아다니고 있었다.

개가 10미터쯤 떨어진 곳까지 다가왔을 때, 나는 울타리 위로 몸을 내밀고 불러봤다. 개는 얼굴을 들고 불쌍할 정도로 연한 갈색 눈으로 나를 바라보더니 꼬리를 두세 번 흔들었다. 내가 손가락을 팅기자 개가 다가와서 울타리 사이로 코끝을 들이밀고 기다란 혀로 내 손을 핥았다.

나는 뒤로 물러나서 "들어와" 하고 개를 불렀다. 개는 망설이듯이 뒤를 돌아다보고는 뭐가 뭔지 모르는 상태로 계속 꼬리를 흔들어댔다.

"안으로 들어와. 기다리다 지쳤단 말이야."

나는 주머니에서 껌을 꺼내 껍질을 벗기고 개에게 보여줬다. 개는 한참 동안 껌을 물끄러미 바라보더니 결심한 듯 울타리 안으로 들어왔다. 나는 개의 머리를 몇 번 쓰다듬어주고 나서 손으로 껌을 뭉쳐 플랫폼 끝 쪽을 향해 힘껏 던졌다. 개는 플랫폼을 일직선으로 달려갔다.

나는 만족해하며 집으로 돌아왔다.

*

돌아오는 전철 안에서 몇 번이고 나 자신을 타일렀다.

모든 건 끝났어, 이제 잊어버려, 그 때문에 여기까지 왔잖아,라고. 하지만 잊어버릴 수가 없었다. 나오코를 사랑했던 것도, 그리고 그녀가 이미 죽어버렸다는 사실도. 결국은 아무것도 끝나지 않았기 때문이다.

*

금성은 구름으로 뒤덮인 무더운 별이다. 무덥고 습해서 주민들 태반은 젊은 나이에 죽는다. 30년쯤 살면 전설이 될 정도다. 그리고 그만큼 그들의 마음은 사랑으로 가득 차 있다. 모든 금성인은 모든 금성인을 사랑한다. 그들은 타인을 미워하지 않고, 부러워하지 않으며, 경멸하지도 않는다. 물론 험담도 하지 않는다. 살인도, 싸움도 하지 않는다. 그들에겐 오로지 애정과 배려가 있을 뿐이다.

금성에서 태어난 조용한 사나이는 말했다.

"설사 오늘 누군가가 죽는다 해도 우리는 슬퍼하지 않는다네. 우리는 죽음이 눈앞에 있는 만큼 살아 있을 때 사랑해두지. 나중에 후회하지 않도록 말이야."

"미리 사랑해둔다는 뜻인가?"

"당신들이 쓰는 언어는 잘 이해할 수가 없어" 하고 그는 고개를 저었다.

"정말로 모든 게 그렇게 마음먹은 대로 되나?"

"그렇게라도 하지 않으면 금성은 슬픔으로 가득 찰 거야" 하고 그는 대답했다.

*

내가 아파트로 돌아왔을 때 쌍둥이 자매는 정어리 통조림 같은 모습으로 나란히 침대에 드러누워 킬킬거리며 웃고 있었다.

"어서 와." 한쪽이 말했다.

"어디에 갔었어?" 다른 쪽이 말했다.

"역에 갔었어."

나는 넥타이를 느슨하게 풀고 쌍둥이 사이로 파고들어 눈을 감았다.

"어느 역에?"

"뭐 하러 갔어?"

"먼 곳에 있는 역이야. 개를 구경하러 갔지."

"어떤 개?"

"개를 좋아해?"

"커다란 흰 개였어. 하지만 그다지 개를 좋아하는 건 아니야."

내가 담배에 불을 붙여 다 피울 때까지 두 사람은 잠자코 있었다.

"슬퍼?" 한쪽이 물었다.

나는 말없이 고개를 끄덕였다.

"그럼, 잠을 자." 다른 쪽이 말했다.

나는 잠이 들었다.

*

이것은 '나'의 이야기인 동시에 '쥐'라고 불리는 사나이의 이야기이기도 하다. 그해 가을 '우리'는 700킬로미터나 떨어져 살고 있었다.

1973년 9월, 이 소설은 그때부터 시작된다. 이것이 입구다. 출구가 있으면 좋겠다고 생각한다. 만약 없다면 글을 쓰는 의미가 전혀 없어진다.

핀볼의 탄생에 대하여

레이먼드 멀로니라는 인물이 어떤 사람인지 짐작이 가는 사람은 아마 없을 것이다.

예전에 그런 인물이 존재했었고 그리고 죽었다. 그뿐이다. 아무도 그의 생애에 대해서는 모른다. 깊은 우물 밑바닥에 있는 소금쟁이 정도나 알까.

사상 최초의 핀볼 제1호기가, 1934년 이 인물에 의해 테크놀로지의 황금 구름 사이로부터 이 더러운 지상에 도입됐다는 건 하나의 역사적 사실이다. 그해는 아돌프 히틀러가 대서양이라는 거대한 물웅덩이를 사이에 두고, 바이마르라는 사다리의 첫 번째 단에 손을 대려고 했던 해이기도 하다.

그런데 이 레이먼드 멀로니 씨의 인생은 라이트 형제나 맬컴 벨과 같이 신화적으로 채색되어 있는 건 아니다. 마음이 훈훈해지는 소년 시절의 에피소드도 없으며 극적인 발견도 없다. 유별난 걸 좋아하는 소수의 독자를 위해 써진 독특한 전문 서적의 첫 페이지에 그 이름이 실려 있을 뿐이다. 1934년, 핀볼 제1호기는 레이먼드 멀로니 씨에 의해서 발명되었다,라고. 거기에는 사진조차 실려 있지 않다. 물론 그의 초상화도 없고 동상도 없다.

당신은 이렇게 생각할지도 모른다. 만일 멀로니 씨가 존재하지 않았다면 핀볼의 역사는 지금과 완전히 달라졌을 거라고 말이다. 아니, 존재조차 하지 않았을지도 모른다. 그렇다면 멀로니 씨에 대한 우리의 합당하지 않은 평가는 배은망덕한 행동이 아닌가,라고. 그렇지만 만일 당신에게 멀로니 씨가 만든 핀볼 제1호기 '배리프'를 볼 기회가 있다면 그 의심은 해소될 것이 틀림없다. 거기에 우리의 상상력을 자극하는 요소 따위는 하나도 없기 때문이다.

핀볼과 히틀러의 발자취에는 어떤 공통점이 있다. 그들은 일종의 저속함과 함께 시대의 거품으로서 이 세상에 태어났고, 그 존재 자체보다는 진화 속도에 의해서 신화적 후광을 얻었다고 하는 점에서 말이다. 진화는 물론 세 개의 바퀴, 즉 테크놀로지와 자본의 투자 그리고 사람들의 근원적 욕망에 의해서 유지되고 있다.

사람들은 놀라운 속도로 이 진흙 인형과도 비슷한 소박하게 생긴 핀볼에 여러 가지 능력을 계속 부여했다. 어떤 사람은 "빛이 있으라!" 하고 외쳤고, 어떤 사람은 "전기가 있으라!" 하고 외쳤으며, 또 어떤 사람은 "플리퍼 있으라!" 하고 외쳤다. 빛이 필드를 비추고, 전기가 자석의 힘으로 볼을 튕겨내고, 두 개의 플리퍼가 그것을 받아서 던졌다.

게임을 하는 사람의 기량은 십진법의 수치로 환산되고, 강한 흔들림에 대해서는 반칙 램프가 반응했다. 다음으로 시퀀스라는 형이상학적 개념이 탄생했고 보너스 라이트, 엑스트라 볼, 리플레이와 같은 다양한 학파가 생겨났다. 그리고 정말이지 이 시기의 핀볼은 일종의 주술성까지도 띠게 되었다.

*

이것은 핀볼에 대한 소설이다.

*

핀볼에 관한 연구서 『보너스 라이트』의 서문에는 이렇게 쓰여 있다.

당신이 핀볼에서 얻는 건 거의 아무것도 없다. 수치로 대치된 자존심뿐이다. 하지만 잃는 건 정말 많다. 역대 대통령의 동상을 전부 세울 수 있을 만큼의 동전과(당신에게 리처드 M. 닉슨의 동상을 세울 생각이 있다면 말이지만) 되찾을 길 없는 귀중한 시간이 그렇다.

당신이 핀볼 앞에서 계속 고독한 소모전을 벌이고 있을 때, 어떤 사람은 프루스트를 읽고 있을지도 모른다. 또 어떤 사람은 자동차 전용 극장에서 여자 친구와 「진정한 용기」를 보면서 진한 애무에 열중하고 있을지도 모른다. 그들은 시대를 통찰하는 작가가 되거나 행복한 부부가 될지도 모른다.

그러나 핀볼은 당신을 아무 곳에도 데려가지 않는다.

재시합 불을 켤 뿐이다. 재시합, 재시합, 재시합… 마치 핀볼 게임 그 자체가 어떤 영겁성을 지향하고 있는 것처럼도 생각된다.

영겁성에 대해 우리는 많은 걸 알지는 못한다. 그러나 그 그림자를 추측할 수는 있다.

핀볼의 목적은 자기표현에 있는 것이 아니라 자기변혁에 있다. 에고의 확대가 아니라 축소에 있다. 분석이 아니라 포괄에 있다.

만일 당신이 자기표현이나 에고의 확대, 분석을 지향한다면, 당신은 반칙 램프에 의해 가차 없는 보복을 받게 될 것이다.

즐거운 게임이 되길 빈다.

1

물론 쌍둥이 자매를 구별하는 방법은 여러 가지가 있을
테지만, 유감스럽게도 나는 그중 단 한 가지도 몰랐다. 얼
굴도 목소리도 머리 모양도, 모든 게 똑같은 데다, 점이나
반점도 없다 보니 나로서는 완전히 두 손 들 수밖에 없었
다. 완벽한 복제품이었다. 어떤 자극에 대한 반응 정도도
같고 먹는 것, 마시는 것, 부르는 노래, 수면 시간, 생리 기
간까지 똑같았다.

쌍둥이라는 게 어떤 상황인지는 내 상상력을 훨씬 뛰어
넘는 문제다. 하지만 만약 내게 쌍둥이 형제가 있어서 우
리 두 사람의 모든 것이 똑같다면, 틀림없이 나는 끔찍한
혼란에 빠졌을 것이다. 어쩌면 나 자신에게 어떤 문제가
있기 때문일지도 모른다.

하지만 그 두 사람은 지극히 평온하게 생활했고, 내가
그들을 구별할 수 없다는 걸 알고는 몹시 놀라며 화까지
냈다.

"전혀 다르잖아?"

"완전히 다른 사람이야."

나는 아무 말도 하지 않고 어깨를 으쓱해 보였다.

두 사람이 내 집에 오고 나서 얼마나 시간이 흘렀는지 나는 알 수가 없었다. 그녀들과 함께 살기 시작하면서부터 내 내부의 시간에 대한 감각은 눈에 띄게 퇴보해갔다. 그것은 마치 세포분열에 의해 증식하는 생물이 시간에 대해 품는 감정과 비슷한 것이 아니었을까 싶다.

*

나와 내 친구는 시부야에서 난페이다이로 향하는 언덕길에 있는 맨션을 빌려서 번역을 전문으로 하는 조그만 사무실을 운영하고 있었다. 자금은 친구의 아버지가 대줬지만 뭐 대단한 액수는 아니었다. 사무실 권리금을 지불하고 철제 책상 세 개와 열 권 정도의 사전, 전화기와 버번위스키 여섯 병을 샀을 뿐이다. 남은 돈으로 철제 간판을 마련하고, 적당한 이름을 생각해내서 간판에 새겨 넣고 현관에 걸었다. 신문에 광고를 낸 후 우리는 다리를 책상 위에 걸치고 위스키를 마시면서 손님을 기다렸다. 1972년 봄의 일이다.

몇 달 후 우리가 정말 풍부한 광맥을 찾아냈다는 걸 알았다. 우리의 조그만 사무실로 놀랄 만큼 많은 양의 의뢰가 밀려든 것이다. 우리는 그렇게 해서 얻은 수입으로 에어컨과 냉장고와 홈 바 세트를 사들였다.

"우린 성공했어." 친구가 말했다.

나도 굉장히 만족했다. 누군가에게서 그처럼 따뜻한 말을 듣기는 태어나 처음이었기 때문이다.

친구는 알고 있는 인쇄소와 교섭을 벌여 인쇄해야 하는 번역 서류를 독점하게 하고는 그 수수료까지 받아 챙겼다. 나는 외국어대학의 학생과를 통해 성적이 좋은 학생을 몇 사람 추천받아서 우리가 미처 처리하지 못하는 원고의 초벌 번역을 시켰다. 그리고 여직원을 고용해 잡무와 경리와 전화 업무를 맡겼다.

여직원은 비즈니스스쿨을 갓 졸업한, 다리가 길고 두뇌 회전이 잘되는 아가씨로, 하루에 스무 번이나 「페니 레인 Penny Lane」을 흥얼거리는 걸 제외하면 이렇다 할 결점은 없었다. 복덩이가 굴러 들어왔다고 친구는 말했다. 그래서 그녀에게 일반 회사의 1.5배나 되는 월급을 지불하고, 보너스는 다섯 달분을 주고, 여름과 겨울에 열흘간의 휴가를 줬다. 우리 세 사람은 각각 만족스러워하며 행복하게 지냈다.

사무실에는 방 두 개와 주방 겸 식당이 있었다. 이상하게 방과 방 사이에 식당이 있었다. 우리는 성냥개비로 제비를 뽑았는데, 그 결과 내가 안쪽 방을 쓰고, 친구가 현관에 가까운 앞쪽 방을 쓰게 되었다. 여직원은 중앙의 식당에 앉아서 「페니 레인」을 흥얼거리며 장부를 정리하거나 온더록스를 만들거나 바퀴벌레를 잡는 기구를 조립하거나 했다.

나는 회사 경비로 사들인 두 개의 서류함을 책상 양옆에 놓고 왼쪽에는 아직 번역하지 않은 서류를, 오른쪽에는 번역이 끝난 서류를 쌓아놓았다.

서류의 종류도, 의뢰인도 정말이지 다양했다. 볼 베어링의 내압성에 관한 『아메리칸 사이언스』의 기사, 1972년도의 전미 칵테일 북, 윌리엄 스타이런의 에세이에서부터 안전면도기의 설명서에 이르기까지 다양한 문서가 '몇 월 며칠까지'라는 꼬리표를 달고 왼쪽 서류함에 쌓여 있다가 어느 정도 시간이 지나면 오른쪽으로 옮겨졌다. 그리고 한 건이 끝날 때마다 엄지손가락 한 마디만큼씩 위스키를 마셨다.

우리 수준의 번역 작업의 매력적인 점은, 덧붙여 생각

할 것이 아무것도 없다는 것이다. 왼손에 동전을 들고 오른손에 포갠 다음 왼손을 치우면 오른손에 동전이 남는다. 그뿐이다.

열 시에 출근해서 네 시에 퇴근했다. 토요일에는 셋이서 근처의 디스코텍에 가 J&B를 마시면서 산타나를 흉내낸 밴드의 연주에 맞춰 춤을 추었다.

수입도 나쁘지 않았다. 회사의 수입 가운데 사무실 임대료와 약간의 경비, 여직원과 아르바이트생의 급여, 세금을 제외한 나머지를 10등분해서 하나는 회사 자금으로 저금해두고, 다섯은 친구가 갖고, 넷은 내가 가졌다. 원시적인 방법이긴 했지만, 책상 위에 현금을 늘어놓고서 나누는 일은 정말 즐거운 작업이었다. 「신시내티 키드」에서 스티브 매퀸과 에드워드 G. 로빈슨이 포커 하는 장면을 연상시켰다.

친구가 다섯을 갖고 내가 넷을 갖는 배분도 아주 타당했다고 생각한다. 실질적인 경영은 그에게 떠넘기고 있었으며, 그는 내가 위스키를 지나치게 많이 마실 때에도 불평하지 않고 참아줬기 때문이다. 더군다나 친구는 병약한 아내와 세 살 난 아들과 걸핏하면 라디에이터가 고장 나는 폭스바겐에, 그것도 모자라서 언제나 뭔가 고민거리를 끌어안으려고 했다.

"나도 쌍둥이 자매를 먹여 살리고 있다구."

나는 어느 날 친구에게 말해봤지만 물론 그는 곧이듣지 않았다. 변함없이 그가 다섯을 갖고 내가 넷을 가졌다.

그렇게 나의 이십대 중반은 지나갔다. 오후의 양지바른 곳처럼 평화로운 나날이었다.

'무릇 사람의 손으로 써진 것 중에서 인간이 이해할 수 없는 것은 존재하지 않습니다'라는 게 3도로 인쇄한 우리 팸플릿의 찬란한 선전 문구였다.

반년에 한 번 정도 찾아오는 끔찍하게 한가한 시기에 우리 세 사람은 시부야역 앞에 서서 심심풀이 삼아 그 팸플릿을 나눠주곤 했다.

시간이 얼마나 흘렀을까, 하고 나는 생각했다. 끝없이 계속되는 침묵 속을 나는 걸었다. 일이 끝나면 아파트로 돌아가 쌍둥이가 끓여준 맛있는 커피를 마시면서 『순수이성비판』을 몇 번씩 되풀이해 읽었다.

이따금 어제의 일이 작년의 일처럼 여겨지고, 작년의 일이 어제의 일처럼 여겨졌다. 심할 때는 내년의 일이 어제의 일처럼 생각되기도 했다. 『에스콰이어』 1971년 9월호에 실린 케네스 타이넌의 「폴란스키론」을 번역하면서, 내내 볼 베어링에 대해 생각하기도 했다. 몇 달이고 몇 년이고, 나는 그저 홀로 깊은 풀의 밑바닥에 계속 앉아 있었다. 따뜻한 물과 부드러운 빛, 그리고 침묵. 그리고 침묵….

*

쌍둥이를 구별하는 방법은 단 하나밖에 없었다. 그녀들이 입고 있는 맨투맨 티셔츠, 완전히 색이 바랜 네이비블루의 티셔츠로, 가슴께에 흰색 숫자가 프린트되어 있었다. 하나는 '208', 다른 하나는 '209'다. '2'가 오른쪽 젖꼭지 위에 있고, '8'과 '9'는 왼쪽 젖꼭지 위에 있다. '0'은 그 한가운데에 끼어 있다.

그 번호가 무엇을 의미하는지 첫날 두 사람에게 물어봤지만 그녀들은 아무 의미도 없다고 대답했다.

"기계의 제조 번호 같군."

"무슨 소리야?" 한쪽이 물었다.

"말하자면 너희 같은 사람이 여러 명 있어서 너희는 그중 넘버 208과 넘버 209라는 뜻인 것 같다는 거지."

"설마." 209가 말했다.

"태어날 때부터 우리 둘뿐이었어. 게다가 이 셔츠는 남한테서 얻은 거야." 208이 말했다.

"어디서?"

"슈퍼마켓에서 개업 기념으로 선착순 몇 명에게 나눠줬어."

"내가 209번째 손님이었어." 209가 말했다.

"내가 208번째 손님이었고." 208이 말했다.

"둘이서 휴지를 세 상자 샀거든."

"오케이, 그럼 이렇게 하자. 너를 208이라고 부르겠어. 넌 209. 그러면 구별할 수 있으니까."

"소용없어." 한쪽이 말했다.

"왜?"

두 사람은 잠자코 티셔츠를 벗어서 서로 바꾸더니 머리부터 뒤집어썼다.

"난 208이야." 209가 말했다.

"난 209야." 208이 말했다.

나는 한숨을 쉬었다.

그래도 나는 꼭 두 사람을 구별할 필요가 있을 때는 번호에 의존할 수밖에 없었다. 그 외에 두 사람을 구별할 길이 하나도 없었기 때문이다.

　그 셔츠 외에 두 사람은 옷을 거의 갖고 있지 않았다. 산책하는 도중에 남의 집에 들어와 그대로 눌러앉아버린 꼴이었다. 그리고 실제로도 그런 셈이었다. 나는 매주 초에 필요한 것을 사라며 두 사람에게 약간의 돈을 줬지만, 그녀들은 식사에 필요한 것 외에는 커피, 크림, 비스킷만 샀다.

　"옷이 없으면 곤란할 텐데?"

　"곤란하지 않아." 208이 대답했다.

　"옷 따위엔 흥미가 없는걸." 209가 말했다.

　일주일에 한 번씩 두 사람은 소중하다는 듯이 욕실에서 맨투맨 티셔츠를 빨았다. 침대 위에서『순수이성비판』을 읽다가 문득 눈을 들어 보니까, 두 사람이 벌거벗은 채 욕실에서 나란히 티셔츠를 빨고 있는 게 보였다. 그럴 때 나 자신이 정말로 멀리까지 와버렸다는 걸 실감했다. 왜 그런지는 알 수 없었다. 작년 여름, 수영장의 다이빙대 밑에서 의치를 잃어버린 이후 때때로 그런 기분이 들었다.

　일을 끝내고 돌아오면 남쪽으로 난 창에서 208, 209라고 찍힌 맨투맨 티셔츠가 펄럭이고 있는 걸 자주 볼 수 있었다. 그럴 때는 눈물까지 나왔다.

*

 그녀들이 왜 내 집에서 지내게 되었는지, 언제까지 있을 작정인지, 아니 도대체 누구인지, 나이는? 태어난 곳은? …나는 아무것도 물어보지 않았다. 그녀들도 아무것도 밝히지 않았다.

 우리는 셋이서 커피를 마시거나, 저녁때 떨어져 있는 공을 찾으면서 골프 코스를 산책하거나, 침대에서 노닥거리며 하루하루를 보냈다. 제일 인기 있는 것은 신문 해설로, 나는 매일 한 시간씩 두 사람에게 뉴스를 해설해줬다. 두 사람은 놀라울 정도로 아무것도 몰랐다. 버마와 오스트레일리아조차 구별하지 못했다. 베트남이 두 부분으로 갈라져 전쟁하고 있는 걸 이해시키는 데는 사흘이나 걸렸고, 닉슨이 하노이를 폭격하는 이유를 설명하는 데 다시 나흘이 걸렸다.

 "당신은 어느 쪽을 응원해?" 208이 물었다.

 "어느 쪽이라니?"

 "그러니까 남쪽과 북쪽 중에서 말이야." 209가 말했다.

 "글쎄, 잘 모르겠는데."

 "왜?" 208이 물었다.

"난 베트남에 살고 있지 않으니까."

두 사람 모두 내 설명을 이해하지 못했다. 나 자신도 이해할 수가 없었다.

"사고방식이 서로 다르니까 싸우는 거겠지?" 208이 계속 물었다.

"그렇다고도 할 수 있겠지."

"대립된 두 개의 사고방식이 있다는 말이구나." 208이 말했다.

"그렇지. 하지만 이 세상에는 120만 개 정도의 대립되는 사상이 있어. 아니, 좀 더 많을지도 몰라."

"거의 아무하고도 친구가 될 수 없다는 이야기야?" 209가 물었다.

"아마 그럴 거야. 거의 아무하고도 친구가 될 수 없지."

그것이 1970년대의 내 생활 방식이었다. 도스토옙스키가 예언했고 내가 그것을 확고히 했다.

2

　1973년 가을에는 뭔가 고약한 것이 숨겨져 있는 것 같기도 했다. 마치 구두 속에 들어간 작은 돌멩이처럼 쥐는 그걸 분명히 느낄 수 있었다.

　그해의 짧은 여름이 9월 초의 불확실한 대기의 흔들림 속으로 빨려 들어가듯이 사라진 뒤에도 쥐의 마음은 얼마 안 되는 여름의 추억 속에 머물러 있었다. 낡은 티셔츠, 진 반바지, 비치 샌들…. 그런 변함없는 모습으로 제이스 바에 드나들며, 카운터에 앉아서 바텐더 J를 상대로 지나치게 차가운 맥주를 마셔댔다. 5년 만에 담배를 피우기 시작했고, 15분마다 손목시계를 봤다.

　쥐에게 시간의 흐름은 마치 어딘가에서 툭 하고 끊어져버린 것처럼 보였다. 어쩌다가 그렇게 되어버렸는지 쥐는 알 수 없었다. 끊어진 곳을 찾아낼 수조차 없었다. 그는 못 쓰게 된 로프를 손에 든 채 가을의 옅은 어둠 속을 방황했다. 풀밭을 가로지르고 강을 건너 여러 개의 문을 밀었다. 하지만 못 쓰게 된 로프는 그를 어떤 곳으로도 인도하지 않았다. 날개가 잘린 겨울 파리처럼, 바다를 앞에 둔 강물의 흐름처럼 쥐는 무력하고 고독했다. 어딘가에서 흉흉한 바람이 불기 시작했다. 그때까지 쥐를 폭 에워싸고 있던 친숙한 공기를 지구의 뒤편으로 날려 보낼 것 같았다.

한 계절이 문을 열고 사라지고 또 한 계절이 다른 문으로 들어온다. 사람들은 황급히 문을 열고 이봐, 잠깐 기다려, 할 이야기가 하나 있었는데 깜빡 잊었어, 하고 소리친다. 하지만 그곳에는 이미 아무도 없다. 문을 닫는다. 방 안에는 벌써 또 하나의 계절이 의자에 앉아서 성냥을 켜고 담배에 불을 붙이고 있다. 잊어버린 말이 있다면 내가 들어줄게, 잘하면 전해줄 수 있을지도 몰라, 하고 그는 말한다. 아니, 괜찮아, 별로 대수로운 건 아니야, 하고 사람은 말한다. 바람 소리만이 주위를 뒤덮는다. 대수로운 일이 아니다. 하나의 계절이 죽었을 뿐이다.

*

매년 그렇지만, 대학에서 쫓겨난 이 부잣집 청년과 고독한 중국인 바텐더는 가을에서 겨울로 넘어가는 스산한 계절을 마치 노부부처럼 서로 어깨를 맞대고 보냈다.

가을은 언제나 싫었다.

여름휴가 기간에 고향에 와 있던 몇 안 되는 그의 친구들은 9월이 될 때까지 기다리지 않고, 짧은 작별의 말을 남긴 채 멀리 떨어진 곳에 있는 그들의 장소로 돌아갔다. 그리고 여름 햇살이 마치 눈에 보이지 않는 분수령을 넘듯이 색깔을 희미하게 바꿀 무렵, 짧은 기간이기는 하지만 쥐의 주위를 감싸고 있던 신비한 광채도 사라져버렸다. 게다가 따뜻한 꿈의 추억도 가느다란 강줄기처럼 가을의 모래땅 속으로 흔적도 없이 빨려 들어갔다.

한편 J에게도 가을은 결코 즐거운 계절이 아니었다. 9월 중순쯤 되면 술집의 손님이 눈에 띄게 줄어들기 때문이다. 매년 있는 일이긴 했지만 가을이 물러가는 모습은 충격적이었다. J도, 쥐도 그 이유는 알 수 없었다. 가게를 닫을 시간이 되었는데도 튀김용으로 껍질을 벗겨둔 감자가 양동이에 반 정도나 남아 있는 것과 같았다.

"이제 곧 바빠지겠죠. 그러면 그때는 너무 바쁘다고 불평할걸요." 쥐는 J를 위로했다.

"글쎄, 그럴까?" J는 스탠드 안쪽에 들여놓은 의자에 털썩 주저앉아 아이스픽 끝으로 토스터에 달라붙은 버터기름을 떼어내면서 의심스러운 듯이 말했다.

앞으로 어떻게 될지는 아무도 모른다.

쥐는 잠자코 책장을 넘겼고, J는 술병을 닦으면서 투박한 손가락 사이에 필터 없는 담배를 끼고 피웠다.

*

쥐가 시간의 흐름에 대한 균형 감각을 조금씩 상실하기 시작한 것은 약 3년쯤 전의 일로, 대학을 그만둔 해의 봄이었다.

물론 쥐가 대학을 그만둔 데에는 몇 가지 이유가 있었다. 그 몇 가지 이유가 복잡하게 뒤엉킨 채 일정한 온도에 도달했을 때 소리를 내면서 퓨즈가 끊겨졌다. 그리고 어떤 것은 남고, 어떤 것은 튕겨 나가고, 어떤 것은 죽었다.

대학을 그만둔 이유는 아무에게도 설명하지 않았다. 제대로 설명하려면 다섯 시간은 걸릴 것이다. 게다가 만일 한 사람에게 설명하기 시작하면 다른 사람들도 모두 듣고 싶어 할지 모른다. 그리고 얼마 안 있어 전 세계를 향해 설명해야 할 처지가 될지도 모른다는 생각에 쥐는 정말이지 진절머리가 났다.

"교정의 잔디 깎는 스타일이 마음에 들지 않았어."

부득이하게 설명해야 할 경우에는 그렇게 말했다. 실제로 교정의 잔디를 구경하러 간 여자도 있었다. 종잇조각이 조금 널려 있긴 했지만 그다지 나쁘진 않았어요, 라고 그녀는 말했다. 그 말에 쥐는 취향 문제라고 대답했다.

"서로가 좋아지지 않았던 거야. 내 쪽이나 대학 쪽이나."

기분이 조금 좋을 때는 그렇게 말하기도 했다. 하지만 그렇게만 말하고 곧 입을 다물었다.

벌써 3년 전의 일이다.

시간의 흐름과 함께 모든 것이 지나가버렸다. 믿기 어려울 정도로 빠른 속도였다. 그리고 한때는 그의 내부에서 격렬하게 숨 쉬던 몇 가지 감정도 급격히 색깔이 바랬고, 의미 없는 오래전 꿈과 같은 것으로 형태를 바꿔갔다.

쥐는 대학에 들어간 해에 집을 나와서 아버지가 한때 서재 대신으로 사용하던 맨션으로 거처를 옮겼다. 부모님도 반대하지는 않았다. 장차 자식에게 물려줄 생각으로 샀던 거니까, 당분간 혼자 살면서 고생을 해보는 것도 나쁘지 않을 거라고 생각했기 때문이다.

하지만 그것은 누가 어떤 식으로 봐도 전혀 고생이 아니었다. 멜론이 채소로 보이지 않는 것과 똑같은 것이다.

맨션은 방 두 개와 주방 겸 식당이 있는 구조로, 상당히 넓게 설계되어 있으며 에어컨과 전화, 17인치 컬러텔레비전, 샤워기가 달린 욕실, 트라이엄프가 주차되어 있는 지하 주차장에다가 일광욕하기에 아주 좋은 멋진 베란다까지 있었다. 게다가 남동쪽 구석에 있는 맨 위층의 창문에서는 거리와 바다를 한눈에 내려다볼 수 있었다. 양쪽 창문을 열어젖히면 바람이 울창한 나무들의 향내와 들새들의 지저귐을 실어다줬다.

쥐는 조용한 오후 시간을 등나무 의자 위에서 보냈다. 멍하니 눈을 감고 있으면 완만한 물의 흐름처럼 시간이 자신의 몸을 관통해나가는 걸 느낄 수 있었다. 몇 시간이고 며칠이고 몇 주일이고 쥐는 그런 식으로 시간을 보냈다.

이따금 문득 생각난 듯이 몇 가지 감정의 잔물결이 그의 마음으로 밀려왔다. 그럴 때면 쥐는 눈을 감고 마음을 꽉 걸어 잠그고 물결이 사라지길 꼼짝 않고 기다렸다. 해가 지기 직전의 희미하게 어둠이 깔린 한때였다. 물결이 사라진 뒤에는 마치 아무 일도 일어나지 않았던 것처럼 다시금 평상시의 소박한 평온이 그를 찾아왔다.

3

신문을 구독하라고 찾아오는 사람 외에 내 집을 노크하는 사람은 아무도 없다. 그래서 문을 연 일도 없고 대답한 일도 없다.

하지만 일요일 아침의 그 방문자는 서른다섯 번이나 노크를 했다. 할 수 없이 나는 눈을 반쯤 감은 채 침대에서 일어나 몸을 기대듯이 하며 문을 열었다. 회색 작업복을 입은 마흔 살 정도의 남자가 강아지라도 안은 듯한 모양으로 헬멧을 들고 복도에 버티고 서 있었다.

"전화국에서 나왔습니다. 배전반을 교체해야 하거든요." 남자가 말했다.

나는 고개를 끄덕였다. 아무리 수염을 깎아도 평생 걸려야 끝날 수 있을 것처럼 얼굴이 새까만 남자였다. 눈 아래까지 수염이 나 있었다. 약간 미안하기도 했지만 어쨌든 몹시 졸렸다. 새벽 네 시까지 쌍둥이와 서양 주사위 놀이를 했기 때문이다.

"오후에 하면 안 되겠습니까?"

"지금이 아니면 곤란합니다."

"왜요?"

남자가 넓적다리 부분에 달린 주머니를 한참 뒤지다가 검은색 수첩을 꺼내서 내게 보여줬다.

"하루의 작업량이 정해져 있습니다. 이 지역이 끝나면 곧바로 다른 곳으로 가야 합니다. 이것 좀 보세요."

나는 반대쪽에서 수첩을 들여다봤다. 확실히 이 지역에서 작업이 남아 있는 곳은 이 아파트뿐이었다.

"어떤 공사를 하는 겁니까?"

"간단합니다. 배전반을 꺼내서 선을 자르고 새것에 연결하기만 하면 됩니다. 10분이면 충분해요."

나는 잠깐 생각하고 나서 다시 고개를 저었다.

"지금도 불편하지 않아요."

"지금 사용하고 있는 건 구식입니다."

"구식이라도 상관없어요."

남자는 "이것 보세요"라고 말하고 잠시 생각에 잠겼다.

"그런 문제가 아닙니다. 모두가 매우 불편을 겪게 된다고요."

"어떤 식으로 말이죠?"

"배전반은 전부 본사의 대형 컴퓨터에 접속되어 있습니

다. 그런데 댁만 남과 다른 신호를 보내면 곤란하죠. 아시겠습니까?"

"알겠습니다. 하드웨어와 소프트웨어를 통일하는 문제로군요."

"이해하셨으면 들어가도 될까요?"

나는 체념하고 남자를 집 안으로 들였다.

"그런데 배전반이 왜 우리 집에 있죠? 관리실 같은 데 있는 거 아닌가요?"

"보통은 그렇죠." 남자는 부엌 벽을 꼼꼼히 살피며 배전반을 찾았다. "하지만 모두들 배전반을 무척 귀찮아한답니다. 평소에는 쓰지 않는 데다 부피가 크니까요."

나는 고개를 끄덕였다. 남자는 양말만 신은 채 부엌의 의자에 올라가 천장을 살펴봤다. 하지만 아무것도 찾을 수 없었다.

"꼭 보물찾기와 같습니다. 아무도 상상할 수 없는 곳에 배전반을 처넣는다니까요. 불쌍하게도 말입니다. 그러면서도 방에는 엄청나게 큰 피아노를 들여놓고 인형 케이스로 장식하니 우스운 일이죠."

나는 동의했다. 남자는 부엌에서 찾는 걸 단념하고 고개를 흔들면서 방으로 통하는 문을 열었다.

"예를 들면 말이죠, 바로 전에 들른 아파트의 배전반은 정말로 불쌍하더군요. 어디에 처박아놓았는지 아십니까? 별의별 것을 다 봐온 나도…."

남자는 거기까지 말하고 나서 숨을 삼켰다. 방 한쪽에 커다란 침대가 놓여 있고, 그 위에서 쌍둥이가 한가운데에 내 자리만큼의 공간을 남겨놓은 채 나란히 담요를 덮고 누워 목만 내놓고 있었기 때문이다. 남자는 어리둥절해서 15초 동안 아무 말도 하지 못했다. 쌍둥이도 잠자코 있었다. 그래서 하는 수 없이 내가 침묵을 깨뜨렸다.

"전화 공사를 하시는 분이야."

"잘 부탁해요." 오른쪽이 말했다.

"수고가 많으시네요." 왼쪽이 말했다.

"아… 예…." 남자가 말했다.

"배전반을 바꾸려고 나오셨대." 내가 설명했다.

"배전반?"

"그게 뭔데요?"

"전화의 회선을 관장하는 기계야."

두 사람은 모르겠다고 말했다. 그래서 나는 나머지 설명을 남자에게 떠넘겼다.

"으음… 그러니까 전화의 회선이 여러 개 거기에 모여

있습니다. 뭐라고 설명해야 좋을까요. 엄마 개가 한 마리 있고, 그 밑에 강아지가 여러 마리 있는 셈이죠. 이해가 되시나요?"

"?"

"모르겠는데요."

"그러니까… 그 엄마 개가 새끼들을 키우고 있는 겁니다. 엄마 개가 죽으면 새끼들도 죽어요. 그래서 엄마 개가 죽어가면 우리가 새로운 엄마 개로 바꿔주는 거죠."

"멋지네요."

"굉장한데요."

나도 감탄했다.

"그래서 오늘 방문한 겁니다. 주무시는데 정말 죄송합니다만."

"괜찮아요."

"꼭 보고 싶어요."

남자는 안심한 듯이 수건으로 땀을 닦고 나서 방 안을 빙 둘러봤다.

"그럼 배전반을 찾겠습니다."

"찾을 필요 없어요." 오른쪽이 말했다.

"벽장 안쪽에 있어요. 판자를 떼어내세요." 왼쪽이 가르쳐줬다.

나는 몹시 놀랐다.

"이봐, 어떻게 그걸 알고 있지? 나도 모르는데 말이야."

"배전반을 찾는 거 맞죠?"

"유명하다구요."

"두 손 들겠군요." 남자가 말했다.

*

공사는 10분 만에 끝났는데 그동안 쌍둥이는 이마를 맞대고 뭔가를 소곤거리면서 키득키득 웃고 있었다. 그때문에 남자는 몇 번씩이나 배선을 잘못 연결했다. 공사가 끝나자 쌍둥이는 침대 안에서 부스럭거리며 맨투맨 티셔츠와 청바지를 입더니 부엌으로 가서 모두에게 커피를 끓여줬다.

나는 남자에게 남아 있던 대니시 페이스트리를 권했다. 그는 매우 기뻐하면서 그걸 받아 들고 커피와 함께 먹었다.

"감사합니다. 아침부터 아무것도 먹지 못해서요."

"부인이 안 계세요?" 208이 물었다.

"아뇨, 집에 있어요. 하지만 일요일 아침엔 일어나질 않아요."

"안됐군요." 209가 말했다.

"나도 좋아서 일요일에 일하는 건 아닌데 말입니다."

"삶은 달걀이라도 드시겠어요?" 나도 그가 불쌍하다는 생각이 들어서 물어봤다.

"괜찮습니다. 그렇게까지 폐를 끼칠 순 없죠."

"신경 쓰지 마세요. 어차피 우리 것도 삶을 거니까요."

"그럼, 먹겠습니다. 반숙으로 부탁드립니다."

삶은 달걀의 껍질을 벗기면서 남자가 말을 이었다.

"21년 동안 많은 집을 다녀봤지만 이런 집은 처음입니다."

"뭐가요?"

"그러니까, 그… 쌍둥이 자매와 자는 사람 말입니다. 당신도 힘들죠?"

"그렇지도 않습니다." 나는 두 잔째의 커피를 마시면서 대답했다.

"정말입니까?"

"정말이고말고요."

"이 사람은 굉장해요." 208이 말했다.

"짐승이에요." 209가 말했다.

"두 손 들겠군요." 남자가 말했다.

*

나는 그가 정말로 두 손 들었다고 생각한다. 그 증거로
그는 낡은 배전반을 잊어버리고 그냥 두고 갔다. 아니면,
삶은 달걀에 대한 보답이었는지도 모른다. 어쨌든 쌍둥이
는 하루 종일 그 배전반을 가지고 놀았다. 한쪽이 엄마 개
가 되고 다른 쪽이 강아지가 돼서 의미를 알 수 없는 말을
주고받았다.

나는 두 사람과는 상관없이 오후 내내 집으로 가져온
번역 일을 계속했다. 초벌 번역을 해주는 아르바이트생
이 시험 기간 중이라 일이 잔뜩 밀려 있었기 때문이다. 컨
디션은 나쁘지 않았지만 세 시가 지나면서부터 건전지가
다 된 것처럼 속도가 떨어지더니 네 시에는 모든 것이 완
전히 정지되고 말았다. 한 줄도 번역할 수가 없었다.

나는 단념하고 책상에 깐 유리 위에 두 팔꿈치를 괸 채
천장을 향해 담배 연기를 내뿜었다. 연기는 조용한 오후
의 빛 속을 느릿느릿, 마치 엑토플라즘심령 현상에서 영매의 몸
에서 나온다고 하는 가상의 물질처럼 방황했다. 유리 밑에는 은

행에서 받은 작은 캘린더가 깔려 있었다. 1973년 9월…
마치 꿈만 같았다. 1973년, 그런 해가 정말로 존재할 거라
고 생각해본 적도 없었다. 그런 생각을 하니 웬지 기분이
몹시 이상했다.

"왜 그래?" 208이 물었다.

"피곤해서 그래. 커피라도 마셔야겠어."

두 사람은 고개를 끄덕이고 부엌으로 가더니 한 사람은
커피 원두를 갈고, 또 한 사람은 물을 끓였다. 우리는 창가
의 바닥에 나란히 앉아서 뜨거운 커피를 마셨다.

"잘 안 돼?" 209가 물었다.

"그런 것 같아."

"약해졌어." 208이 말했다.

"뭐가?"

"배전반 말이야."

"엄마 개."

나는 배 속 깊은 곳으로부터 한숨을 내쉬었다.

"정말로 그렇게 생각해?"

두 사람은 고개를 끄덕였다.

"죽어가고 있어."

"맞아."

"어떻게 하면 좋겠어?"

두 사람은 고개를 좌우로 흔들었다.

"모르겠어."

나는 잠자코 담배를 피웠다.

"골프 코스를 산책하지 않을래? 오늘은 일요일이니까 떨어져 있는 공이 많을지도 몰라."

우리는 한 시간가량 서양 주사위 놀이를 하고 나서, 골프장의 철조망을 넘어 들어가 아무도 없는 저물녘의 골프 코스를 걸었다. 나는 밀드레드 베일리의 「이츠 소 피스풀 인 더 컨트리It's So Peaceful in the Country」를 휘파람으로 두 번 불었다. 좋은 곡이네, 하고 두 사람이 칭찬했다. 하지만 떨어져 있는 공은 한 개도 눈에 띄지 않았다. 뭐 그런 날도 있는 것이다. 도쿄의 싱글 플레이어가 다 모였던 게 틀림없다. 아니면 골프장에서 떨어진 공을 전문으로 찾는 비글이라도 키우기 시작했는지 모른다. 우리는 실망해서 집으로 돌아왔다.

4

무인 등대는 몇 번씩 구부러진 기다란 제방 끝에 외로
이 서 있었다. 높이는 3미터 정도로 그다지 큰 등대는 아
니다. 바다가 오염되기 시작해서 물고기가 완전히 자취를
감추기 전까지는 여러 척의 어선이 이 등대를 이용했다.
항구라고 할 만한 곳이 있었던 건 아니다. 해변에 레일과
같은 간단한 나무틀을 설치하고 어부가 윈치로 로프를
당겨서 어선을 뭍으로 끌어올렸다. 해변 근처에는 세 채
쯤 어부의 집이 있었는데, 방파제 안쪽에서 아침에 잡은
자잘한 생선들을 나무 상자에 담아 햇볕에 말렸다.
　물고기가 모습을 감춘 것과, 주택가가 있는 도시에 어
촌이 있는 건 바람직하지 못하다는 주민들의 끊임없는
요청과, 그들이 해변에 세운 오두막집이 시유지를 불법
점거했다는 세 가지 이유 때문에 어부들은 이 고장을 떠
나야 했다. 1962년의 일이다. 그들이 어디로 갔는지는 알
길이 없다. 세 채의 오두막집은 깨끗이 헐렸고, 쓸 수도 없
고 버릴 곳도 없는 낡은 어선들은 해변의 숲속에서 아이

들의 놀이터가 되었다.

　어선이 사라진 후 등대를 이용하는 배는 연안을 왔다 갔다 하는 요트나 짙은 안개와 태풍을 피해서 항구 밖에 정박 중인 화물선 정도였다. 하지만 그런 배들도 등대가 혹시 도움이 될지 모른다는 불확실한 기대를 갖고 있는 정도에 지나지 않았다.

　등대는 땅딸막하고 검어서 마치 종을 엎어놓은 것과 같은 모습이었다. 혹은 깊은 사색에 잠겨 있는 남자의 뒷모습 같기도 했다. 해가 지고 엷은 저녁놀 속에 푸르름이 흐를 무렵, 종의 꼭대기 부분에 오렌지색 불이 켜지고 그 불빛이 천천히 돌기 시작한다. 등대는 언제나 황혼의 정확한 그 시점을 포착했다. 멋진 저녁놀 속에서도, 어두운 안개비 속에서도 등대가 포착하는 순간은 항상 같았다. 빛과 어둠이 뒤섞이고, 어둠이 빛을 넘으려는 바로 그 순간이다.

　소년 시절, 쥐는 황혼 무렵에 오직 그 순간을 보기 위해 몇 번이나 해변을 찾아가곤 했다. 파도가 높지 않은 오후에는 제방의 낡은 포석을 헤아리면서 등대까지 걸어갔다. 의외로 맑은 수면을 통해 초가을의 잔 물고기 떼를 들여다볼 수도 있었다. 그들은 뭔가를 찾듯이 제방 앞에서 몇 번씩이나 원을 그리고 나서 먼바다로 사라져갔다.

등대에 도착하면 쥐는 제방 끝에 앉아서 천천히 주위를 둘러봤다. 하늘에는 붓으로 그은 것 같은 가느다란 구름이 몇 줄기 흐르고, 사방은 온통 푸른색으로 가득 차 있었다. 푸른색은 끝없이 깊었고, 그 깊음은 자신도 모르는 사이에 소년의 다리를 떨게 만들었다. 그것은 외경과도 비슷한 떨림이었다. 바다의 냄새도, 바람의 색깔도 모든 것이 놀랄 만큼 선명했다. 그는 시간을 들여 주위의 풍경에 조금씩 마음이 익숙해지게 하면서 천천히 뒤를 돌아봤다. 그리고 지금은 깊은 바다로 인해 완전히 단절되어버린 그 자신의 세계를 바라봤다. 하얀 모래밭과 방파제, 푸른 소나무 숲이 짓눌린 것처럼 낮게 퍼져 있었고, 그 뒤쪽으로는 검푸른 산들이 하늘을 향해 우뚝 솟아 있었다.

왼편 멀리에는 거대한 항구가 있었다. 여러 대의 크레인, 부양식 독, 상자와 같은 창고, 화물선, 고층 건물 같은 것들이 보였다. 오른편에는 안쪽으로 완만하게 굽은 해안선을 따라 조용한 주택가와 요트 항구, 주조酒造 회사의 낡은 창고가 이어지고, 그런 것들이 대충 끝난 지점부터는 공업지대의 둥근 탱크나 높은 굴뚝이 늘어서 있어 흰 연기가 부옇게 하늘을 뒤덮었다. 그것은 당시 열 살이던 쥐에겐 세계의 끝이기도 했다.

소년 시절 쥐는 봄부터 초가을 동안 몇 번이나 등대를 찾아갔다. 파도가 높은 날에는 물보라가 그의 발을 적시고, 바람이 머리 위에서 으르렁거렸으며, 이끼 낀 포석은 그의 작은 발을 미끄러뜨렸다. 그래도 등대로 가는 길이 그에겐 다른 어느 것보다도 친근했다. 제방 끝에 앉아서 파도 소리에 귀 기울이고, 하늘의 구름과 작은 전갱이 떼를 바라보며, 주머니에 가득 넣어 온 돌멩이를 먼바다를 향해 던졌다.

땅거미가 하늘을 덮기 시작할 무렵 그는 왔던 길을 더듬어서 자신의 세계로 돌아왔다. 돌아오는 길에는 언제나 막연한 슬픔이 그의 마음을 덮쳐 왔다. 앞에서 기다리고 있는 그 세계는 너무나도 넓고 강하고 커서 그가 숨어들 만한 여지 같은 건 아무 데도 없어 보였기 때문이다.

여자의 집은 제방 근처에 있었다. 쥐는 그곳에 갈 때마다 소년 시절의 막연한 추억이나 황혼의 냄새를 기억해 낼 수 있었다. 해안 근처에 차를 세워놓고, 모래밭 위에 늘어선 그다지 울창하지 않은 방사용防砂用 소나무 숲을 빠져나갔다. 발밑에서는 모래가 메마른 소리를 냈다.

여자의 아파트는 전에 어부의 오두막집이 있던 곳 근처에 있었다. 몇 미터 정도만 구멍을 파고 들어가면 불그스름한 갈색 바닷물이 나오는 그런 땅이다. 아파트 앞뜰의 칸나는 짓밟히기라도 한 것처럼 축 늘어져 있었다. 여자의 방은 2층이었는데 바람이 강한 날에는 가는 모래가 후드득후드득 유리창을 때렸다. 아담한 남향 아파트였지만 그 방에는 어딘지 모르게 음침한 공기가 감돌고 있었다.

바다 탓이야. 너무 가까워서 그래. 바다 냄새, 바람, 파도 소리, 생선 냄새… 모든 것이 말이야, 하고 그녀는 말했다.

생선 냄새 같은 건 나지 않아, 하고 쥐는 말했다.

그녀는 난다니까, 하고 말했다. 그러고는 끈을 잡아당겨 창문의 블라인드를 내렸다. 너도 살아보면 알 거야.

모래가 창을 두드렸다.

5

내가 학창 시절에 살았던 아파트에서 전화 같은 것을
소유하고 있는 사람은 아무도 없었다. 지우개라도 하나
갖고 있는지 의심스러울 정도였다. 관리실 앞에 근처의
초등학교에서 팔아넘긴 낮은 책상이 있고, 그 위에 분홍
색 전화기가 한 대 놓여 있었다. 그것이 아파트 안에 존재
하는 유일한 전화였다. 그렇기 때문에 배전반 따위에는
아무도 신경 쓰지 않았다. 평화로운 시절의 평화로운 세
계였다.

관리실에 관리인이 있어본 적이 없기 때문에 전화벨이
울릴 때마다 주민 중 누군가가 전화를 받았고 상대방을
부르러 뛰어갔다. 물론 마음이 내키지 않을 때는(특히 새벽
두 시 같은 때는) 아무도 전화를 받지 않았다. 전화는 죽음
을 예감한 코끼리처럼 몇 번 미친 듯이 울려대다가(내가
헤아린 것 중 최고 기록은 서른두 번이다) 죽었다. 죽었다는 말
은 그야말로 말 그대로였다. 마지막 전화벨 소리가 아파
트의 긴 복도를 빠져나가 밤의 어둠 속으로 빨려 들어가

면 갑자기 정적이 주위를 뒤덮었다. 정말로 기분 나쁜 침묵이었다. 모두들 이불 속에서 숨을 죽이고 이미 죽어버린 전화에 대해 생각했다.

한밤중의 전화는 언제나 우울한 전화였다. 누군가가 수화기를 들고 작은 목소리로 이야기를 시작한다.

"이제 그 얘기는 그만두자… 아니라니까, 그런 게 아니고… 하지만 어쩔 수 없잖아, 안 그래? …거짓말이 아니라고. 왜 거짓말을 하겠어? …아니, 그냥 피곤할 뿐이야… 물론 미안하게 생각해… 그러니까… 알았어, 알았으니까 조금 생각할 시간을 줘… 전화로는 뭐라 얘기할 수가 없어…."

누구나 한 아름씩 문제를 끌어안고 있는 것 같다. 문제는 비처럼 하늘에서 쏟아졌고, 우리는 정신없이 그것들을 그러모아서 주머니에 집어넣곤 했다. 왜 그런 짓을 했는지 지금도 모르겠다. 뭔가 다른 것과 착각했던 모양이다.

전보도 왔다. 새벽 네 시경 아파트 현관 앞에 오토바이가 멈춰 선 후 난폭한 발소리가 복도에 울려 퍼졌다. 그리고 누군가의 현관문을 주먹으로 두드리는 소리가 났다. 그 소리는 언제나 나에게 죽음의 신의 방문을 연상시켰다. 쾅, 쾅. 몇 사람의 목숨이 끊어지고, 머리가 돌아버리고, 시간의 정체에 스스로의 마음을 파묻고, 한없는 상념에 고통스러워하며, 서로에게 괴로움을 주고 있었다. 1970년은 그런 해였다. 만일 사람이 정말 변증법적으로 스스로를 향상시키도록 만들어진 생물이라면, 그해는 역시 교훈적인 해였다.

*

나는 1층 관리실 옆방에서 살고, 머리가 긴 그 소녀는 2층 계단 옆에 살았다. 전화가 걸려오는 횟수로는 그녀가 아파트 내에서 챔피언이었기 때문에, 나는 미끄러운 열다섯 개의 계단을 몇천 번이나 왕복해야 하는 신세였다. 그녀에겐 참으로 다양한 전화가 걸려왔다. 정중한 목소리가 있고, 사무적인 목소리가 있고, 슬픈 듯한 목소리가 있고, 거만한 목소리가 있었다. 그런 각각의 목소리들은 내게 그녀의 이름을 말했다. 그녀의 이름은 까맣게 잊어버렸다. 슬플 정도로 평범한 이름이었다는 것밖에는 기억나지 않는다.

그녀는 언제나 수화기에 대고 지칠 대로 지친 목소리로 낮게 이야기했다. 거의 알아들을 수 없을 정도로 웅얼거리는 목소리였다. 아름답기는 하지만 음침한 느낌을 주는 얼굴이었다. 이따금 길에서 스쳐 지나간 적이 있지만 말을 주고받은 적은 없었다. 마치 깊은 정글의 오솔길을 흰 코끼리를 타고 가는 듯한 표정으로 그녀는 걷고 있었다.

*

그녀는 반년 정도 그 아파트에 살았다. 초가을부터 겨울이 끝날 무렵까지 반년 동안 말이다.

내가 전화를 받고 계단을 올라가 그녀의 현관문을 노크하며 전화 왔어요 하고 외치면, 조금 사이를 두었다가 고마워요 하고 그녀가 말했다. 고맙다는 말 외엔 들어본 말이 없다. 하긴 나도 전화 왔어요,라는 말 외엔 한 적이 없다.

그 시절은 나에게도 고독한 계절이었다. 집으로 돌아와서 옷을 벗을 때마다 온몸의 뼈가 피부를 뚫고 튀어나올 것만 같은 느낌이 들곤 했다. 내 내부에 존재하는 정체를 알 수 없는 힘이 잘못된 방향으로 계속 나아가면서 나를 어딘가 다른 세계로 끌고 가는 것 같은 느낌도 들었다.

전화벨이 울린다. 그러면 이렇게 생각한다. 누군가가 누군가에게 뭔가를 이야기하려 한다고. 나에게 전화가 걸려온 적은 거의 없었다. 나에게 뭔가를 이야기하려 하는 사

람은 아무도 없었으며, 내가 듣고 싶은 말을 해주는 사람
도 아무도 없었다.

　정도의 차이는 있겠지만 누구나 다 자신의 시스템에 맞
춰 살아간다. 그것이 내 것과 지나치게 다르면 화가 치밀
고, 지나치게 비슷하면 슬퍼진다. 그뿐이다.

*

　내가 그녀에게서 걸려온 전화를 마지막으로 받은 것은
그 겨울이 끝나갈 무렵이었다. 3월 초, 맑게 갠 토요일 아
침이었다. 아침이라곤 해도 이미 열 시쯤이라 햇살이 좁
은 방의 구석구석까지 투명하게 비치며 겨울의 밝은 빛
을 던져주고 있었다. 나는 머릿속으로 퍼지는 몽롱한 벨
소리를 들으면서 침대 옆 창문 너머로 보이는 양배추밭
을 내려다보고 있었다. 검은 흙 위의 녹다 만 눈이 물웅덩
이처럼 군데군데에서 하얗게 빛나고 있었다. 마지막 한파
가 남기고 간 마지막 눈이었다.

　벨은 열 번쯤 울리고 나서 아무도 수화기를 들지 않자
그냥 멎었다. 그리고 5분 뒤에 다시 울리기 시작했다. 나
는 짜증스러운 마음으로 파자마 위에 카디건을 걸치고는

문을 열고 수화기를 집어 들었다.

"…계십니까?" 남자의 목소리가 들려왔다. 억양이 없는 두루뭉술한 목소리였다. 나는 건성으로 대답하고 계단을 천천히 올라가 그녀의 현관문을 두드렸다.

"전화 왔어요."

"…고마워요."

나는 방으로 돌아와 침대 위에 드러누워서 천장을 바라봤다. 그녀가 계단을 내려오는 소리가 나고, 평소처럼 소곤거리는 목소리가 들렸다. 그녀의 통화치곤 아주 짧았다. 15초 정도로 끝났던 것 같다. 수화기를 내려놓는 소리가 들리고, 침묵이 주위를 뒤덮었다. 발소리도 들리지 않았다.

잠시 후 느린 발소리가 내 방 쪽으로 다가오더니 문을 두드리는 소리가 났다. 두 번씩. 그 중간에 심호흡을 한 번 할 수 있을 정도의 간격이 있었다.

문을 여니 두꺼운 흰색 스웨터와 청바지를 입은 그녀가 서 있었다. 순간 내가 전화를 잘못 바꿔준 게 아닌가 하는 생각이 들었지만, 그녀는 아무 말도 하지 않았다. 그녀는 양팔을 팔짱 껴서 가슴에 바짝 붙인 채 가늘게 떨며 나를 보고 있었다. 마치 구명보트 위에서 가라앉아가는 배를 바라보는 것 같은 눈길이었다. 아니, 그 반대였을지도 모른다.

"들어가도 될까요? 추워서 죽을 것 같아요."

나는 영문도 모른 채 그녀를 집 안으로 들이고 문을 닫았다. 그녀는 가스스토브 앞에 앉아 두 손을 쬐면서 집 안을 둘러봤다.

"지독하게 아무것도 없는 방이네요."

나는 고개를 끄덕였다. 정말 아무것도 없었다. 창가에 침대가 하나 있을 뿐이었다. 싱글 침대치곤 너무 크고, 세미 더블치곤 너무 작았다. 그 침대도 내가 산 것은 아니었다. 친구가 줬다. 그다지 친하지도 않은 내게 왜 침대를 줬는지 모르겠다. 우리는 거의 말을 나눠본 적도 없는 사이였다. 그는 지방의 부잣집 아들인데 학교에서 다른 파벌 무리에게 언어맞고 얼굴을 발로 걷어차이는 바람에 눈이 나빠져서 대학을 그만두게 되었다. 내가 대학 의무실로 데리고 가는 동안 그가 줄곧 흐느껴 울었기 때문에, 나는 나중에는 몹시 짜증이 났다. 며칠 뒤에 그는 고향으로 돌아가겠다며 내게 침대를 줬다.

"따뜻한 걸 좀 마실 수 있을까요?" 그녀가 말했다.

나는 고개를 저으며 아무것도 없다고 말했다. 커피도

홍차도 보리차도, 주전자조차 없었다. 조그만 냄비가 한 개 있을 뿐이었다. 나는 매일 아침 그 냄비에 물을 끓여서 수염을 깎았다. 그녀는 한숨을 쉬면서 일어나더니 잠깐 기다려주세요, 하고는 방을 나갔다. 그리고 5분 뒤에 종이 상자를 한 개 끌어안고 돌아왔다. 상자 안에는 티백과 녹차가 반년 치, 비스킷 두 봉지, 설탕, 주전자와 식기 몇 개, 그리고 스누피 만화가 그려진 머그잔이 두 개 들어 있었다. 그녀는 상자를 침대 위에 쿵 하고 내려놓은 다음 주전자에 물을 끓였다.

"이러고 어떻게 살아요? 꼭 로빈슨 크루소 같아요."

"그 정도로 즐겁진 않아요."

"그렇겠죠."

우리는 잠자코 뜨거운 홍차를 마셨다.

"이거 전부 줄게요."

나는 너무 놀라서 하마터면 홍차를 뱉을 뻔했다.

"왜 주는 거죠?"

"여러 번 전화를 받아줬으니까요. 그 인사로요."

"당신도 필요할 텐데요."

그녀는 고개를 몇 번 옆으로 흔들었다.

"내일 이사 갈 거예요. 그래서 이젠 아무것도 필요 없어요."

나는 잠자코 어떻게 된 상황인지 생각해봤지만, 그녀에게 무슨 일이 일어났는지 상상조차 할 수가 없었다.

"좋은 일? 아니면 나쁜 일?"

"그다지 좋은 일은 아니에요. 대학을 그만두고 고향으로 돌아가니까요."

방 안 가득히 비치던 겨울 햇살이 흐려졌다가 다시 밝아졌다.

"하지만 그런 이야긴 듣고 싶지 않죠? 나 같으면 듣지 않을 거예요. 불쾌한 기억을 남기고 간 사람의 물건은 쓰고 싶지 않을 테니까."

이튿날은 아침부터 차가운 비가 내렸다. 빗줄기는 가늘었지만, 내 레인코트 속의 스웨터까지 적셨다. 내가 든 대형 트렁크도, 그녀가 든 여행 가방과 숄더백도 모두 검게 젖었다. 택시 운전사는 짐을 좌석에 놓지 말라고 불쾌한 듯이 말했다. 차 안의 공기는 히터와 담배 냄새 때문에 숨이 막힐 정도로 후텁지근했고, 라디오에서는 옛날 가요가 시끄럽게 흘러나오고 있었다. 용수철식의 방향 지시기만큼이나 케케묵은 유행가였다. 잎이 떨어진 잡목림은 마치 바닷속의 산호처럼 길 양쪽에 젖은 가지를 펼치고 있었다.

"처음부터 도쿄의 경치는 마음에 들지 않았어요."

"그래요?"

"흙은 너무 검고, 강은 더럽고, 산도 없고… 당신은요?"

"경치 따위엔 신경 쓴 적도 없는걸요."

그녀는 한숨을 쉬고 웃었다.

"당신이라면 틀림없이 살아남을 거예요."

역의 플랫폼에 짐을 내려놓았을 때 그녀는 여러 가지로 고마웠다고 말했다.

"이제부터는 혼자 갈 수 있어요."

"어디까지 가는데요?"

"멀리 북쪽까지요."

"춥겠네요."

"문제없어요. 익숙하니까요."

기차가 움직이기 시작하자 그녀가 창가에서 손을 흔들었다. 나도 귀까지 손을 올렸지만 기차가 가버리고 나니 손을 어떻게 해야 할지 몰라서 그대로 레인코트 주머니에 집어넣었다.

비는 해가 저문 뒤에도 계속 내렸다. 나는 근처 가게에서 맥주를 두 병 산 뒤 그녀가 주고 간 컵에 따라 마셨다. 뼛속까지 얼어붙을 것만 같았다. 그 컵에는 스누피와 우드스톡이 개집 위에서 즐겁게 놀고 있는 만화가 그려져 있고, 그 위에는 이런 문구가 쓰여 있었다.

'행복은 따뜻한 친구.'

*

쌍둥이가 깊이 잠든 후에 나는 눈을 떴다. 새벽 세 시, 어색할 정도로 밝은 가을 달이 화장실 창문을 통해 보였다. 부엌 싱크대 옆에 앉아서 수돗물을 두 컵 마시고, 가스레인지를 켜서 담배에 불을 붙였다. 달빛을 받은 골프장의 잔디밭에서는 수천 마리의 가을벌레가 합창하듯이 계속 울어댔다.

나는 싱크대 옆에 세워놓은 배전반을 들고 찬찬히 들여다봤다. 아무리 뒤집어 봐도 그것은 더럽고, 아무 의미 없는 판자에 지나지 않았다. 나는 단념하고 배전반을 제자리에 돌려놓은 다음, 손에 묻은 먼지를 털어내고 담배 연기를 빨아들였다.

달빛 아래에서는 모든 것이 창백하게 보인다. 모든 것이 가치도, 의미도, 방향도 없는 것처럼 여겨진다. 그림자까지도 불확실하다. 나는 담배를 싱크대에 쑤셔 넣고 바로 두 개비째 담배에 불을 붙였다.

어디까지 가야 나 자신의 장소를 발견할 수 있을까? 예를 들면 어디일까? 2인승 뇌격기雷擊機가 내가 오랜 시간에 걸쳐 생각해낸 유일한 장소였다. 하지만 그것은 바보스러운 생각이다. 우선 뇌격기라는 것은 30년이나 전에 이미 고물이 되어버린 비행기가 아닌가.

나는 침대로 돌아가 쌍둥이 사이로 기어 들어갔다. 쌍둥이는 둘 다 몸을 웅크리고 침대 바깥쪽으로 고개를 돌린 채 깊이 잠들어 있었다.

나는 담요를 덮고 천장을 바라봤다.

6

여자가 욕실 문을 닫았다. 그리고 곧 샤워하는 소리가 들려왔다.

쥐는 침대 위에 일어나 앉아서 감정을 제대로 추스르지 못한 채 담배를 입에 물고 라이터를 찾았다. 테이블 위에도, 바지 주머니에도 라이터는 없었다. 성냥개비도 없었다. 여자의 핸드백 속에도 그런 건 없었다. 쥐는 하는 수 없이 방의 불을 켜고 책상 서랍을 모조리 뒤지다가 어느 레스토랑의 이름이 찍혀 있는 오래된 종이 성냥을 찾아내서 불을 붙였다.

창가의 등나무 의자 위에는 그녀의 스타킹과 속옷이 반듯하게 개켜져 있고, 등받이에는 고급스러운 겨자색 원피스가 걸려 있었다. 침대 옆 테이블에는 새것은 아니지만 손질이 잘된 라 바가제리 숄더백과 작은 손목시계가 나란히 놓여 있었다.

쥐는 맞은편 등나무 의자에 걸터앉아서 담배를 문 채 멍하니 창밖을 바라봤다.

산 중턱에 있는 그의 아파트에서는 어둠 속에 어수선하게 흩어져 있는 사람들의 삶을 똑똑히 내려다볼 수 있었다. 이따금 쥐는 두 손을 허리에 갖다 대고, 마치 다운힐 코스에 선 골퍼처럼 몇 시간 동안 의식을 집중하여 그런 풍경을 바라보곤 했다. 비탈길은 드문드문 있는 인가의 등불을 모으면서 완만하게 경사져 있었다. 어두운 숲이 있고, 나지막한 언덕이 있고, 군데군데 하얀 수은등 불빛이 개인용 풀장의 수면을 비추고 있었다. 비탈길의 경사가 약해지는 부근에서 마치 지표에 동여맨 빛의 띠처럼 고속도로가 구불구불하게 뻗어 있고, 그곳을 넘어서 바다까지 1킬로미터 정도 단조로운 거리가 차지하고 있었다. 그리고 어두운 바다가 있었다. 바다와 하늘의 어둠은 구분할 수 없을 정도로 서로 녹아들어 있었고, 그 어둠 속에 등대의 오렌지색 빛이 떠올랐다가는 사라졌다. 그리고 분명하게 구분된 그 단층 사이를 어두운 한 줄기 수로가 관통하고 있었다.

강이었다.

쥐가 그녀를 처음 만난 것은 하늘이 아직은 여름의 찬
란함을 다소나마 간직하고 있던 9월 초순이었다.

쥐는 신문의 지방판에 매주 게재되는 중고품 매매 코너
에서, 어린이 보호용 울타리나 어학 자습용 레코드나 어
린이 자전거 같은 품목 속에서 전동타자기를 찾아냈다.
전화를 받은 여자는 사무적인 목소리로, 1년을 사용했고
보증기간은 앞으로 1년이며 월부는 안 되고 가지러 온다
면 팔겠다고 말했다. 거래가 성사되어 쥐는 자동차로 그
여자의 아파트까지 찾아가서 돈을 지불한 뒤 타자기를
받아 왔다. 여름에 일해서 번 돈의 액수와 거의 맞먹는 가
격이었다.

그 여자는 몸집이 작고 가냘픈 여자로, 소매 없는 깜찍
한 원피스를 입고 있었다. 현관에는 여러 가지 색깔과 모
양의 관엽식물 화분이 즐비하게 놓여 있었다. 단정하게
생긴 얼굴에 머리를 뒤로 묶었는데 나이는 짐작도 할 수
없었다. 스물둘에서 스물여덟 사이의 몇 살이라고 해도
고개를 끄덕일 수밖에 없었다.

사흘 뒤에 타자기의 리본이 반 다스 정도 있으니까 필

요하면 와서 가져가라고 여자가 전화를 걸어왔다. 쥐는 그것을 가지러 간 김에 그녀를 제이스 바에 초대해서 리본에 대한 사례로 칵테일을 몇 잔 대접했다. 하지만 더 이상 이야기는 진전되지 않았다.

세 번째로 만난 것은 그로부터 나흘 뒤였고 장소는 시내에 있는 실내 수영장이었다. 쥐는 그녀를 자동차로 아파트까지 태워다줬고, 그리고 같이 잤다. 어떻게 일이 그렇게 되어버렸는지는 쥐로서도 알 수가 없었다. 누가 먼저 유혹했는지조차 기억나지 않았다. 공기의 흐름과 비슷했을 것이다.

며칠 지난 뒤에 그녀와의 관계는 일상생활 속에 박아놓은 부드러운 쐐기처럼 쥐의 내부에서 그 존재를 팽창시켜나갔다. 아주 조금씩 무엇인가가 쥐를 찔렀다. 자기 몸에 매달리는 여자의 가느다란 팔을 떠올릴 때마다 쥐는 오랫동안 잊고 있었던 다정함 같은 것이 마음속에 퍼져나가는 걸 느낄 수 있었다.

그녀는 그녀만의 조그만 세계에서 나름의 완벽함을 확립해나가려고 노력하고 있는 것처럼 보였다. 그리고 그 노력이 보통 이상의 것이라는 건 쥐도 잘 알고 있었다. 눈에 띄지는 않지만 언제나 꽤 세련된 원피스를 입고, 깨끗한 속옷을 걸치고, 몸에는 아침에 포도밭에서 나는 향내와 비슷한 오드콜로뉴를 뿌리고, 주의 깊게 단어를 선택하며 이야기하고, 쓸데없는 질문은 하지 않고, 거울을 보면서 몇 번씩 연습한 듯한 미소를 지었다. 이 모든 것들이 쥐의 마음을 아주 조금 슬프게 했다. 몇 번 만난 뒤에 쥐는 그녀가 스물일곱 살쯤 먹었을 거라고 짐작했다. 그리고 그것은 한 살의 오차도 없이 들어맞았다.

가슴이 작고, 군살이 없는 가냘픈 몸은 햇볕에 예쁘게 그을려 있었지만, 사실은 태우고 싶지 않았어요,라고 반박하는 듯했다.

튀어나온 광대뼈와 얇은 입술은 좋은 집안에서 자랐고 심지가 군다는 걸 느끼게 했지만, 아주 조그만 표정의 변화로도 그녀의 분위기는 전체가 흔들려서 그 안 깊숙한 곳에 있는 무방비하다고 할 정도의 천진함을 드러내고 있었다.

그녀는 미술대학 건축과를 나와 설계사무소에서 일하고 있다고 말했다. 어디서 태어났냐고? 여기는 아니야, 대학을 졸업하고 이리로 왔어. 그녀는 일주일에 한 번 수영장에서 수영하고, 일요일 밤에는 전철을 타고 비올라 연습을 하러 다녔다.

일주일에 한 번, 토요일 밤에 두 사람은 만났다. 그리고 일요일, 쥐는 막연한 기분으로 하루를 보냈고, 그녀는 모차르트를 연주했다.

7

감기로 사흘 정도 쉰 탓에 일이 산더미처럼 쌓여 있었다. 입 안은 까칠까칠하고 온몸은 사포로 문지른 것 같았다. 팸플릿과 서류, 소책자, 잡지 등이 내 책상 주위에 개밋둑처럼 쌓여 있었다. 함께 사무실을 운영하는 친구가 와서 우물거리며 걱정하는 듯한 말을 하고 자기 방으로 돌아갔다. 여직원은 언제나처럼 뜨거운 커피와 롤빵 두 개를 책상 위에 놓고는 모습을 감췄다. 담배 사는 걸 잊었기 때문에 친구에게서 세븐스타 한 갑을 얻어 필터를 떼어내고 반대쪽에 불을 붙여 피웠다. 하늘은 잔뜩 흐려서 어디까지가 공기고 어디서부터가 구름인지 구별할 수가 없었다. 주위에서는 마치 젖은 낙엽을 억지로 태운 것 같은 냄새가 났다. 어쩌면 열 때문에 그렇게 느꼈는지도 모른다.

나는 심호흡을 하고 나서 맨 앞의 개밋둑을 무너뜨리기 위한 작업에 착수했다. 전부 '지급至急'이라는 고무도장이 찍혀 있고, 그 밑에는 빨간 매직펜으로 기한이 적혀 있었다. 다행스럽게도 '지금' 개밋둑은 그것 하나뿐이었다. 그리고 더욱 다행스러운 것은 이삼 일 안에 끝내야 하는 것도 없었다. 1주일에서 2주일 안에 하면 되는 것들뿐이어서 절반을 초벌 번역 하는 아르바이트생에게 시키면 원만하게 처리할 수 있을 것 같았다. 나는 한 권씩 집어 들고 처리할 순서대로 책을 다시 쌓았다. 개밋둑이 전보다 훨씬 더 불안정한 모양이 되었다. 보통 신문의 1면에 실리는 성별·연령별 내각 지지율 그래프 같은 모양이었다. 그리고 형태뿐만 아니라 내용도 정말로 가슴 설레는 배합이었다.

① 찰스 랜킨 지음
• 『과학 질문 상자』, 동물편
• p.68 「고양이는 왜 세수를 하는가」에서 p.89 「곰이 물고 기를 잡는 방법」까지
• 10월 12일까지 완료할 것

② 미국간호협회 엮음
• 『치사 병자와의 대화』
• 전 16페이지

- 10월 19일까지 완료할 것

③ 프랭크 데시트 주니어 지음

- 『작가의 병력』, 제3장 「꽃가루 알레르기를 둘러싼 작가들」

- 전 23페이지

- 10월 23일까지 완료할 것

④ 르네 클레르 지음

- 『이탈리아의 밀짚모자』(영어판, 시나리오)

- 전 39페이지

- 10월 26일까지 완료할 것

 의뢰한 사람의 이름이 없는 것이 유감이었다. 누가 어 떤 이유로 이런 문서의 번역을 (그것도 서둘러서) 원하고 있 는지 짐작도 할 수가 없었다. 어쩌면 곰이 강 앞에 서서 내 번역을 학수고대하고 있을지도 모른다. 어쩌면 치사 병자를 돌보는 간호사가 한마디도 하지 못한 채 기다리 고 있는 건지도 모른다.

 나는 한 손으로 얼굴을 씻고 있는 고양이 사진을 책상 위에 집어 던진 뒤 커피를 마시고, 종이죽 비슷한 맛이 나는 롤빵을 한 개 먹었다. 머리는 어느 정도 맑아졌지만 손발 끝은 아직도 저렸다. 나는 책상 서랍에서 등산용 나이프를 꺼내 오랫동안 F심 연필 여섯 자루를 정성 들여 깎고 나서 천천히 일을 시작했다.

카세트테이프로 스탠 게츠의 옛날 곡을 들으면서 점심때까지 일했다. 스탠 게츠·알 헤이그·지미 레이니·테디 코틱·타이니 칸, 최고의 밴드다. 「점핑 위드 심포니 시드 Jumping with Symphony Sid」에서 게츠의 솔로 부분을 테이프에 맞춰 전부 휘파람으로 불고 나니 기분이 한결 좋아졌다.

점심시간에는 사무실에서 나와 5분 정도 언덕길을 내려가, 붐비는 레스토랑에서 생선구이를 먹고, 햄버거 가게에서 오렌지주스를 두 잔 연거푸 마셨다. 그리고 애완동물 가게에 들러 유리 틈새로 손가락을 집어넣고 아비시니아고양이와 10분쯤 놀았다. 평상시와 다름없는 점심시간이었다.

사무실로 돌아와 시계가 한 시를 가리킬 때까지 멍하니 조간신문을 봤다. 그리고 오후를 위해 다시 한번 여섯 자루의 연필을 깎고, 나머지 담배의 필터를 전부 떼어내서 책상 위에 늘어놓았다. 여직원이 뜨거운 차를 가져다줬다.

"기분은 좀 어때요?"

"나쁘지 않아."

"작업 진행 상황은요?"

"아주 좋아."

하늘은 아직도 잔뜩 흐렸다. 오전보다 회색빛이 좀 더 진해진 것 같기도 했다. 창밖으로 고개를 내밀어 보니 어렴풋이 비가 올 것 같은 예감이 들었다. 가을 새 몇 마리가 하늘을 가로지르며 날아갔다. 붕 하는 도시 특유의 둔탁한 소리(지하철 소리, 햄버거 굽는 소리, 고가도로의 자동차 소리, 자동문이 열리고 닫히는 소리, 그런 무수한 소리가 섞여 있다)가 주위를 뒤덮고 있었다.

나는 창문을 닫고 카세트테이프로 찰리 파커의 「저스트 프렌즈Just Friends」를 들으며 「철새는 언제 자는가?」라는 항목을 번역하기 시작했다.

네 시에 일을 끝내고 하루 동안 일한 원고를 여직원에게 건네고는 사무실을 나왔다. 우산을 쓰는 대신 계속 내팽개쳐뒀던 얇은 레인코트를 입기로 했다. 역에서 석간신문을 사들고 혼잡한 전철에서 한 시간 정도 시달렸다. 전철 안에서도 비 냄새가 났지만 비는 아직 한 방울도 떨어지지 않았다.

역 앞의 슈퍼마켓에서 저녁 찬거리를 거의 다 샀을 때

쯤 비가 내리기 시작했다. 눈에 보이지 않을 정도로 가는 비였지만, 발밑의 보도는 조금씩 비에 젖어 회색으로 변하고 있었다.

버스 시간을 확인하고 나서 근처 찻집에 들어가 커피를 마셨다. 찻집은 사람들로 붐비고 있어서 이번에야말로 진짜로 비 냄새가 났다. 웨이트리스의 블라우스에서도, 커피에서도 비 냄새가 났다.

날이 저무는 가운데 버스 터미널을 에워싼 가로등들이 하나둘씩 켜지기 시작했고, 그 사이를 여러 대의 버스가 마치 강물을 오르내리는 거대한 송어처럼 왔다 갔다 했다. 버스에는 샐러리맨과 학생과 주부가 가득 탔다가 각각 옅은 저녁 어둠 속으로 사라져갔다. 시커먼 독일셰퍼드를 끌고 중년 여자가 창밖을 가로질러 갔다. 초등학생 몇 명이 고무공을 탕탕 땅에 튕기면서 걸어갔다. 나는 다섯 개비째의 담배를 끄고 차가워진 커피의 마지막 한 모금을 마셨다.

유리창에 비친 내 얼굴을 물끄러미 쳐다봤다. 열 때문에 눈이 약간 들어갔다. 하지만 그런대로 괜찮았다. 오후 다섯 시 반의 수염이 얼굴을 어둡게 만들고 있었는데, 그것도 그런대로 괜찮았다.

하지만 전혀 내 얼굴로 보이지 않았다. 통근 전철에서 우연히 건너편 좌석에 앉은 스물네 살 먹은 남자의 얼굴이었다. 내 얼굴과 마음은 아무에게도 의미 없는 유골에 지나지 않았다. 내 마음과 누군가의 마음이 스쳐 지나간다. 안녕, 하고 나는 말한다. 안녕, 하고 저쪽에서 대답한다. 그뿐이다. 아무도 손을 들지 않는다. 아무도 두 번 다시 돌아보지 않는다.

만일 내가 양쪽 귓구멍에 치자꽃을 꽂고 양손 손가락에 물갈퀴를 끼고 있다면, 몇 사람은 뒤돌아볼지도 모른다. 하지만 그뿐이다. 세 걸음 정도 걸어가면 모두 잊어버린다. 그들의 눈은 아무것도 보고 있지 않는 것이다. 그리고 내 눈도. 나는 텅 비어버린 것 같은 느낌이 들었다. 이제 누군가에게 무엇을 준다는 건 불가능한 일인지도 모른다.

*

쌍둥이는 나를 기다리고 있었다.

나는 슈퍼마켓의 갈색 종이봉투를 둘 가운데 한 명에게 주고 피우고 있던 담배를 문 채 욕실로 들어갔다. 그리고 비누칠도 하지 않은 채 샤워하면서 멍하니 타일 벽을 바라봤다. 불이 꺼진 어두운 욕실 벽 위를 무엇인가가 방황하다가 사라졌다. 나로서는 이미 만져볼 수도, 다시 불러올 수도 없는 그림자였다.

그대로 욕실에서 나와 타월로 몸을 닦고 침대에 드러누웠다. 빨아서 갓 말린 푸른 산홋빛의 구김살 하나 없는 시트였다. 천장을 향해 담배 연기를 뿜어내며 하루의 일을 머릿속에 떠올렸다. 쌍둥이는 그동안 채소를 썰고 고기를 볶고 밥을 지었다.

"맥주 마시겠어?" 한 사람이 내게 물었다.

"응."

208이라고 프린트된 셔츠를 입은 쪽이 맥주와 잔을 가져다줬다.

"음악은?"

"있으면 좋겠지."

그녀는 레코드 선반에서 헨델의 「리코더 소나타」를 꺼내 플레이어에 얹고 바늘을 내렸다. 몇 년 전 밸런타인데이에 여자 친구한테서 선물받은 레코드였다. 리코더와 비올라와 쳄발로 연주 사이로 통주저음通奏低音처럼 고기 볶는 소리가 섞여 있었다. 나와 여자 친구는 이 레코드를 계속 틀어놓은 채 몇 번이나 섹스를 했었다. 레코드가 끝나고 바늘 긁히는 소리가 날 때까지 우리는 아무 말도 하지 않고 서로를 끌어안고 있었다.

창밖의 어두운 골프장에는 비가 소리도 없이 내리고 있었다. 내가 맥주를 다 마시고 한스 마르틴 린데가 F장조 소나타의 마지막 한 음을 불었을 때 저녁 식사 준비가 끝나 있었다. 우리 세 사람은 그날 저녁 식사를 하면서 드물게 말이 없었다. 레코드가 이미 끝까지 돌아갔기 때문에, 방에서는 처마에 떨어지는 빗소리와 세 사람이 고기를 씹는 소리 외에는 아무 소리도 들리지 않았다. 식사가 끝나자 쌍둥이는 설거지를 하고 부엌에 서서 커피를 끓였다. 그리고 셋이서 뜨거운 커피를 마셨다. 생명을 부여받은 것처럼 향기로운 커피였다. 한 사람이 일어나서 레코드를 플레이어에 올려놓았다. 비틀스의 「러버 소울Rubber Soul」이었다.

"이 레코드는 산 기억이 없는데." 나는 놀라서 소리쳤다.

"우리가 샀어."

"주는 돈을 조금씩 모았어."

나는 고개를 흔들었다.

"비틀스 싫어해?"

나는 잠자코 있었다.

"유감이야. 기뻐할 줄 알았는데."

"미안해."

한 사람이 일어나서 스위치를 끄고 조심스레 먼지를 턴 다음 레코드를 재킷에 다시 집어넣었다. 우리 세 사람은 침묵을 지켰다. 나는 한숨을 내쉬었다.

"그럴 생각은 아니었어. 좀 피곤해서 짜증스러웠을 뿐 이야. 다시 한번 듣자."

두 사람은 얼굴을 마주 보고 빙긋 웃었다.

"미안해할 필요 없어. 여긴 당신 집이니까."

"우리한테 신경 쓰지 마."

"다시 한번 듣자니까."

결국 우리는 「러버 소울」의 양면을 다 들으면서 커피를 마셨다. 나는 조금은 편안해질 수 있었다. 쌍둥이도 기뻐 하는 것 같았다.

쌍둥이는 커피를 마시고 나서 내 체온을 쟀다. 둘이서 체온계를 몇 번이나 노려봤다. 37도 5부, 아침보다 5부 정 도가 올라갔다. 머리가 멍했다.

"샤워를 해서 그래."

"누워 있는 게 좋겠어."

그 말이 옳았다. 나는 옷을 벗고 『순수이성비판』과 담배 한 갑을 들고 침대에 파고들었다. 담요에서는 희미하게 햇빛 냄새가 났고 칸트는 변함없이 훌륭했지만, 담배에서는 젖은 신문지를 말아 가스버너로 불을 붙인 것 같은 맛이 났다. 나는 책을 덮고 쌍둥이의 목소리를 아련하게 들으면서 암흑 속으로 빨려 들어가듯이 눈을 감았다.

8

공원묘지는 산꼭대기 가까운 곳에 여유 있게 펼쳐져 있었다. 조그만 자갈을 깐 길이 묘지 사이를 가로세로로 누비고, 잘 손질된 철쭉이 풀을 뜯는 양 같은 모습으로 군데군데 피어 있었다. 그리고 그 드넓은 부지를 내려다보며 고비처럼 굽은 키 큰 수은등이 여러 개 늘어서서 어색할 정도로 하얀빛을 구석구석까지 비추고 있었다.

쥐는 공원묘지의 남동쪽 끝에 있는 숲속에 차를 세우고, 여자의 어깨를 끌어안으며 눈 아래에 펼쳐진 거리의 야경을 내려다보고 있었다. 거리는 마치 평평한 거푸집에 부은 흐물거리는 빛처럼 보였다. 혹은 거대한 나방이 금가루를 흩뿌려놓은 것처럼도 보였다.

여자는 잠을 자듯 눈을 감고 쥐에게 몸을 기대고 있었다. 쥐는 어깨에서 옆구리에 걸쳐 묵직한 그녀의 무게를 느꼈다. 그것은 이상한 무게였다. 남자를 사랑하고, 아이를 낳고, 나이가 들어 죽어가는 하나의 존재가 갖는 무게였다. 쥐는 한 손으로 담뱃갑을 꺼내 담배에 불을 붙였다.

때때로 바다로부터 불어오는 바람이 눈 아래의 비탈을 올라와 소나무 숲의 바늘잎을 흔들어댔다. 여자는 정말로 잠들었는지도 모른다. 쥐는 여자의 뺨에 손을 갖다 대고 손가락 하나를 그녀의 얇은 입술에 댔다. 그러자 촉촉하고 뜨거운 그녀의 숨결이 느껴졌다.

공원묘지는 묘지라기보다는 마치 내버려진 마을처럼 보였다. 부지의 절반 이상은 공터였다. 그곳에 자리 잡을 예정인 사람들이 아직도 살아 있기 때문이다. 그들은 때때로 일요일 오후에 가족을 데리고 자신이 잠들 장소를 확인하러 왔다. 그리고 높은 곳에서 묘지를 바라보며 '음, 이 정도면 전망도 괜찮군. 계절마다 꽃들이 구색 맞춰 피고, 공기도 좋고, 잔디도 잘 손질이 되어 있어. 스프링클러까지 있고, 제물을 노리는 들개도 없군. 게다가…' 하고 생각했다. 무엇보다 밝고 건강한 것이 좋다고, 그들은 그런 식으로 만족해하고, 벤치에서 도시락을 먹고, 다시 분주한 일상의 삶 속으로 돌아갔다.

아침저녁으로는 관리인이 끝에 납작한 판자를 댄 긴 막대기로 자갈길을 고르게 쓸었다. 그리고 중앙에 위치한 연못의 잉어를 노리고 찾아오는 아이들을 쫓았다. 또한 하루에 세 차례, 아홉 시와 열두 시 그리고 여섯 시에는

공원묘지 내의 스피커로 오르골이 연주하는 「올드 블랙
조Old Black Joe」를 내보냈다. 음악을 트는 것에 어떤 의미가
있는지 쥐로서는 알 수가 없었다. 하지만 저물기 시작한
오후 여섯 시, 아무도 없는 묘지에 「올드 블랙 조」의 멜로
디가 흐르는 광경은 볼 만했다.

여섯 시 반에 관리인은 버스를 타고 마을로 돌아가는
데, 그러고 나면 묘지는 완전한 침묵에 뒤덮였다. 가끔은
몇 쌍의 남녀가 차를 타고 와서 서로 포옹을 했다. 여름이
되면 숲속에 그런 차들이 몇 대씩 늘어섰다.

공원묘지는 쥐의 청춘에 있어서도 역시 의미 있는 장
소였다. 아직 차를 운전할 수 없었던 고등학생 때, 쥐는
2500cc짜리 오토바이 뒷자리에 여학생을 태우고 강기슭
의 언덕길을 몇 번이나 왕복했다. 그리고 언제나 같은 거
리의 불빛을 바라보면서 여자들을 껴안았다. 여러 종류의
향기가 쥐의 코끝을 살짝 떠돌다가 사라져갔다. 많은 꿈
이 있었고, 많은 슬픔이 있었고, 많은 약속이 있었다. 하지
만 결국은 모두 사라지고 말았다.

돌이켜 보면 죽음은 드넓은 부지에 뿌리를 내리고 있었
다. 이따금 쥐는 여자의 손을 잡고, 짐짓 점잔을 빼는 듯
한 공원묘지의 자갈길을 아무 생각 없이 걸어봤다. 각각

의 이름과 시간, 그리고 각각의 과거의 삶을 짊어진 죽음
은, 마치 식물원에 나란히 늘어선 관목처럼 같은 간격으
로 한없이 이어져 있었다. 그들에겐 바람에 흔들리는 술
렁거림도 없고, 향기도 없고, 어둠을 향해 뻗칠 수 있는 촉
수도 없었다. 그들은 시간을 잃은 나무처럼 보였다. 그들
은 생각도, 그리고 그것을 전달할 언어도 갖고 있지 않았
다. 그들은 살아 있는 자들에게 그것을 맡겼다. 두 사람은
숲으로 돌아가 힘껏 서로를 꺼안았다. 바다로부터 불어오
는 짠 내 나는 바람, 나뭇잎의 향기, 풀숲의 귀뚜라미, 이
런 살아 있는 세계의 슬픔만이 주위에 충만해 있었다.

"나 오래 잤어?" 여자가 묻는다.

"아니." 쥐는 대답한다. "그리 긴 시간은 아니었어."

9

똑같은 날이 똑같이 되풀이되었다. 어딘가에 표시라도 해두지 않으면 착각하고 말 것 같은 하루하루였다.

그날은 줄곧 가을 냄새가 났다. 여느 때와 같은 시간에 일을 마치고 아파트로 돌아오니 쌍둥이가 보이지 않았다. 나는 양말을 신은 채 침대에 드러누워서 멍하니 담배를 피웠다. 여러 가지를 생각해보려 했지만, 머릿속에서 무엇 하나 제대로 형태를 이루지 못했다. 나는 한숨을 쉬고 침대에서 일어나 앉아서 한참 동안 맞은편의 흰 벽을 노려봤다. 무엇을 해야 좋을지 짐작도 할 수 없었다. 언제까지나 벽을 노려보고 있을 수만은 없지 않냐고 나 자신을 타일렀다. 그래도 소용이 없었다. 졸업논문의 지도 교수가 그럴듯한 말을 했다. 문장도 좋고 논지도 명확한데 테마가 없다고 말이다. 정말로 그런 상태였다. 오래간만에 혼자가 되고 보니 나 자신을 어떻게 다뤄야 좋을지 알 수가 없었다.

이상한 일이다. 나는 몇 년 동안이나 혼자 살아왔다. 제법 잘해오지 않았던가? 그런데 어떻게 살아왔는지, 그걸 생각해낼 수가 없었다. 24년이라는 시간은 금세 잊어버릴 수 있을 정도로 짧은 세월이 아니다. 마치 한참 무엇을 찾는 중에 무엇을 찾고 있었는지를 잊어버렸을 때와 같은 느낌이었다. 도대체 무엇을 찾고 있었을까? 병따개, 옛날 편지, 영수증, 귀이개?

단념하고 머리맡에 두었던 칸트의 책을 집어 들었을 때, 책 사이에서 메모지가 떨어졌다. 쌍둥이의 글씨였다. 골프장에 놀러 갑니다,라고 쓰여 있었다. 나는 걱정이 되었다. 쌍둥이에게 나와 함께 가는 게 아니면 골프 코스에 들어가지 말라고 일러두었었다. 저물녘의 골프 코스는 익숙하지 않은 사람에겐 위험하다. 언제 공이 날아올지 모르기 때문이다.

나는 테니스화를 신고 맨투맨 티셔츠를 어깨에 두른 뒤 아파트를 나와서 골프장의 철조망을 넘었다. 완만한 언덕을 걸어서 12번 홀을 지나고 휴식용 정자를 지나 숲을 빠져나갔다. 서쪽 끝에 펼쳐진 숲의 틈새로 석양이 잔디에 쏟아지고 있었다. 10번 홀 근처에 있는 쇠 아령 같은 모양을 한 벙커의 모래밭 위에서 쌍둥이가 남기고 간 듯한 커피 크림 비스킷의 빈 상자를 발견했다. 나는 그것을 구겨 주머니에 집어넣고 뒷걸음치면서 모래밭에 남은 세 사람의 발자국을 지웠다. 그리고 시냇물 위에 걸쳐져 있는 작은 나무다리를 건너 언덕을 올라간 곳에서 쌍둥이를 발견했다. 쌍둥이는 언덕 반대쪽의 비탈길에 설치된 노천에스컬레이터의 중간쯤에 나란히 걸터앉아서 서양 주사위 놀이를 하고 있었다.

"둘이서만 오면 위험하다고 했잖아?"

"저녁놀이 너무나 아름다워서 그랬어." 한쪽이 변명했다.

우리는 에스컬레이터를 걸어서 내려와 참억새가 우거져 있는 풀밭에 앉아 선명한 저녁놀을 바라봤다. 정말로 장관이었다.

"벙커에 쓰레기를 버리면 안 돼."

"미안해." 한쪽이 말했다.

"옛날에 모래밭에서 다친 적이 있었어. 초등학생 때였지."

나는 왼손의 집게손가락 끝을 두 사람에게 보여줬다. 흰 실밥 같은 가느다란 흉터가 7밀리미터가량 남아 있었다.

"누군가가 깨진 사이다 병을 모래 속에 묻어뒀어."

두 사람은 고개를 끄덕였다.

"물론 빈 비스킷 상자에 손을 베이는 사람은 없겠지. 하지만 모래밭에 휴지 같은 걸 버리면 안 돼. 모래밭은 신성하고 청결한 곳이니까."

"알았어." 한쪽이 말했다.

"조심할게. 그거 말고 다친 적은 없었어?" 다른 쪽이 물었다.

"물론 있지."

나는 온몸의 상처를 두 사람에게 보여줬다. 마치 상처의 카탈로그 같았다. 우선 왼쪽 눈, 이건 축구 시합을 하다가 공에 맞은 거야. 지금도 망막에 상처가 나 있어. 그리고 코, 이것도 축구 때문이지. 헤딩할 때 상대방의 이와 부딪쳤거든. 아랫입술도 일곱 바늘 꿰맸어. 트럭을 피하려다 자전거에서 떨어지는 바람에 생긴 상처야. 그리고 부러진 이….

우리는 차가운 풀 위에 나란히 누워서 참억새가 사각거리며 바람에 흔들리는 소리를 들었다.

우리는 해가 완전히 저물고 나서야 아파트로 돌아와 식사를 했다. 내가 목욕을 끝내고 맥주를 한 병 다 마셨을 무렵 송어 세 마리가 먹음직스럽게 구워졌다. 그리고 송어 옆에 아스파라거스 통조림과 커다란 물냉이가 곁들여졌다. 송어에서는 그리운 맛이 났다. 여름날의 산길과 같은 맛이다. 우리는 시간을 들여 송어를 깨끗이 먹어치웠다. 접시 위에는 송어의 흰 뼈와 연필 굵기만 한 물냉이의 줄기만이 남았다. 두 사람은 서둘러 설거지를 마치고 커피를 끓였다.

"배전반 이야기 좀 하자. 아무래도 마음에 걸리니까."

두 사람은 고개를 끄덕였다.

"어째서 죽어가고 있는 걸까?"

"여러 가지를 지나치게 많이 흡수해서 그럴 거야, 틀림없이."

"펑크가 나버린 거야."

나는 왼손에 커피잔을, 오른손에는 담배를 들고 한참 동안 생각에 잠겼다.

"어떻게 하면 좋을 것 같아?"

두 사람은 서로 얼굴을 마주 보고 고개를 흔들었다.

"이젠 어쩔 수가 없어."

"흙으로 돌아가는 거야."

"패혈증에 걸린 고양이를 본 적 있어?"

"아니"라고 나는 대답했다.

"온몸이 돌멩이처럼 딱딱해지기 시작하는 거야. 오랜 시간에 걸쳐서. 마지막에 심장이 멎어."

나는 한숨을 쉬었다. "죽게 내버려두고 싶지 않아."

"그 심정은 알겠어. 하지만 당신에겐 힘에 부치는 일이야."

마치 올겨울엔 눈이 적게 왔으니까 스키는 단념하라고 말할 때처럼 참 시원시원한 말투였다. 나는 단념하고 커피를 마셨다.

10

수요일 밤, 아홉 시에 침대에 누웠는데 열한 시에 눈을 떴다. 그러고 나서는 아무리 노력해도 잠이 오지 않았다. 마치 두 사이즈 정도 작은 모자를 뒤집어쓴 것처럼 무언가가 머리둘레를 조여오는 것 같은 불쾌한 기분이었다. 자는 자는 걸 포기하고 파자마를 입은 채 일어나서 부엌으로 가 얼음물을 단숨에 들이켰다. 그러고는 여자에 대해 생각했다. 창가에 서서 등대의 불빛을 바라보며 어두운 제방을 눈으로 더듬고, 그녀의 아파트 근처를 바라봤다. 캄캄한 어둠을 때리는 파도 소리를 생각하고, 아파트 창에 부딪혔다 떨어지는 모래 소리를 생각했다. 그리고 아무리 궁리해도 1센티미터도 앞으로 전진할 수 없는 자기 자신에게 짜증이 났다.

여자와 만나기 시작하면서 쥐의 생활은 한없이 일주일 단위로 반복되었다. 날짜 감각이 전혀 없었다. 몇 월이지? 아마 10월일 것이다. 모르겠다….

토요일에는 여자와 만나고, 일요일부터 화요일까지 사

흘 동안 그 추억에 잠겼다. 목요일과 금요일, 그리고 토요일의 절반은 다가올 주말의 계획을 세우는 데 썼다. 수요일만이 갈 장소를 잃고 허공을 방황했다. 앞으로 나아갈 수도 없고, 뒤로 물러설 수도 없는 수요일….

10분쯤 멍하니 담배를 피우고 나서 파자마를 벗고 셔츠 위에 점퍼를 걸치고 지하 주차장으로 내려갔다. 열두 시가 지난 시각이라 거리에 사람의 모습은 거의 보이지 않았다. 가로등만이 거무칙칙한 보도를 비추고 있었다. 제이스 바의 셔터도 이미 내려져 있었지만, 쥐는 셔터를 절반가량 밀어 올리고는 안으로 들어가 계단을 내려갔다.

J는 세탁한 타월을 열두 장 정도 의자 등받이에 널어놓고 카운터에 혼자 앉아서 담배를 피우고 있던 참이었다.

"맥주 한 병 마시면 안 될까요?"

"되고말고." J는 기분 좋은 듯이 말했다.

가게 문을 닫은 후에 제이스 바를 찾은 것은 이번이 처음이었다. 카운터 부분만 빼고 조명은 전부 꺼져 있었고 환기 장치나 에어컨 소리도 들리지 않았다. 오랜 세월에 걸쳐 바닥과 벽에 밴 냄새만 어렴풋이 공기 속을 떠돌고 있었다.

쥐는 카운터 안쪽으로 들어가 냉장고에서 맥주를 꺼내

잔에 따랐다. 테이블 쪽의 공기는 어둠 속에서 여러 층으로 나뉜 채 고여 있는 것 같았다. 뜨뜻미지근하고 습했다.

"오늘은 안 올 생각이었어요. 그런데 자다가 문득 깨니 어쩌나 맥주가 마시고 싶던지 참을 수가 없었어요. 금방 갈게요." 쥐는 변명하듯 말했다.

J는 카운터 위에다 신문을 접어놓고 바지에 떨어진 담뱃재를 손으로 털어냈다.

"천천히 마시다 가도 돼. 배고프면 요기할 것을 만들어 줄게."

"아니, 괜찮아요. 신경 쓰지 마세요. 맥주만 있으면 돼요."

맥주는 굉장히 맛있었다. 쥐는 한 잔을 단숨에 들이켜고 한숨을 쉬었다. 그런 뒤 나머지 절반을 잔에 따르고 거품이 가라앉는 것을 물끄러미 들여다봤다.

"괜찮다면 함께 마시지 않을래요?"

J는 약간 난처한 듯이 미소 지었다.

"고맙지만 난 한 방울도 못 마셔."

"몰랐어요."

"체질이 그래. 술이 영 받지를 않아."

쥐는 고개를 몇 번 끄덕이고 나서 잠자코 맥주를 마셨다. 그리고 자신이 이 중국인 바텐더에 대해 거의 아무것도 모른다는 사실에 새삼 놀랐다. 하긴 J에 대해서는 아무도 아는 게 없었다. J는 무서울 정도로 조용한 사람이다. 자신에 대해서는 무엇 하나 이야기하지 않으며, 누군가가 물어봐도 조심스럽게 서랍을 여는 것처럼 언제나 아무 문제 될 것 없는 대답을 할 뿐이다.

J가 중국에서 태어난 중국인이라는 건 누구나 다 알고 있는 사실이지만, 이 고장에서 외국인은 별로 신기한 존재가 아니었다. 쥐가 다닌 고등학교 축구부에는 포워드와 백에 중국인이 한 명씩 있었다. 하지만 아무도 신경 쓰지 않았다.

"음악이 없으니까 쓸쓸하군."

J가 주크박스의 열쇠를 쥐에게 던졌다.

쥐는 다섯 곡을 고르고 카운터로 돌아와 남은 맥주를 마셨다. 스피커에서 웨인 뉴턴의 오래된 멜로디가 흘러나왔다.

"집에 빨리 들어가야 하는 거 아니에요?"

"상관없어. 기다리는 사람이 있는 것도 아니니까."

"혼자 살아요?"

"응."

쥐는 주머니에서 담배를 꺼내 구겨진 부분을 펴고 불을

붙였다.

"고양이가 한 마리 있을 뿐이지." J가 불쑥 말했다. "나이를 많이 먹은 녀석인데 그런대로 이야기 상대는 되거든."

"이야기를 해요?"

J는 고개를 여러 번 끄덕였다.

"그래. 오랫동안 함께 살아서 속속들이 알고 있지. 나도 고양이의 마음을 알고, 고양이도 내 마음을 알거든."

쥐는 담배를 입에 문 채 신음 소리를 냈다. 주크박스가 찰칵 소리를 내며 레코드를 「맥아더 파크MacArthur Park」로 바꿨다.

"고양이는 무슨 생각을 해요?"

"여러 가지 생각. 나나 너와 마찬가지야."

"보통 일이 아니겠는데요."

쥐는 그렇게 말하고 웃었다.

J도 웃었다. 그러고는 한참 있다가 손끝으로 카운터의 표면을 문질렀다.

"외발이야."

"외발요?"

"고양이 말이야. 절름발이야. 4년쯤 전의 겨울이었지. 고양이가 피투성이가 돼서 집으로 돌아왔어. 발바닥이 마멀레이드처럼 끔찍하게 뭉크러졌더군."

쥐는 들고 있던 잔을 카운터에 내려놓고 J의 얼굴을 쳐다봤다.

"어떻게 된 건데요?"

"나도 몰라. 자동차에 치였는지도 모른다고 생각했는데 그런 것치곤 상처가 너무 심한 거야. 타이어에 밟혔다고 해서 그렇게 되진 않거든. 꼭 바이스에 올려놓고 꽉 눌러버린 것 같더라구. 완전히 납작해져 있었어. 누군가가 못된 장난을 친 건지도 모르지."

"설마, 도대체 누가 고양이 발에 그런 짓을⋯."

쥐는 믿을 수 없다는 듯이 고개를 저었다.

J는 필터 없는 담배 끝을 몇 번 카운터에 두드리고 나서, 입에 물고 불을 붙였다.

"그렇지. 고양이 발을 짓뭉갤 이유는 전혀 없지. 무척 온순한 고양이고, 나쁜 짓은 하지 않으니까. 게다가 고양이 발을 못 쓰게 만든다고 누가 이득을 보는 것도 아니잖아? 무의미하고 참 끔찍한 일이지. 하지만 이 세상에는 그런 식의 아무 이유도 없는 악의가 산더미처럼 많아. 나도 이해할 수가 없고, 너도 이해할 수 없겠지만, 그런 건 분명히 존재해. 그런 일에 둘러싸여 있다고 해도 과언이 아닐 정도야."

쥐는 맥주잔에 눈을 고정한 채 다시 고개를 저었다.

"난 정말 모르겠군요."

"그럼, 됐어. 모르고 넘어갈 수만 있다면 그처럼 좋은 일은 없을 테니까."

J는 어둡고 텅 빈 테이블 쪽을 향해 담배 연기를 뿜어냈다. 그러고 나서 흰 연기가 공중으로 완전히 사라지는 걸 지켜봤다.

두 사람은 한참 동안 잠자코 있었다. 쥐는 잔을 응시하며 멍하니 생각에 잠겨 있었고, J는 여전히 카운터 위를 손끝으로 문지르고 있었다. 주크박스에서는 마지막 노래가 흘러나오기 시작했다. 가성으로 부르는 달콤한 소울 발라드였다.

"저기요, J. 난 25년 동안 살아오면서 무엇 하나 몸에 익히지 못한 것 같은 느낌이 들어요."

쥐는 잔을 응시하면서 그렇게 말했다.

J는 한동안 아무 말도 하지 않고 자기 손끝을 봤다. 그러다가 어깨를 으쓱했다.

"45년 동안 살면서 한 가지 깨달은 게 있어. 이런 거지. 인간은 어떤 것에서든지 노력만 하면 뭔가를 배울 수 있다는 사실이야. 아무리 흔해 빠지고 평범한 것에서도 반드시 무언가를 배울 수 있어. 그 어떤 이발사에게도 철학은 있다는 글을 어디선가 읽은 적이 있어. 실제로 그렇게 하지 않으면 아무도 살아남을 수가 없는 거지."

쥐는 고개를 끄덕이고는 잔 밑바닥에 3센티미터쯤 남아 있던 맥주를 단숨에 들이켰다. 레코드가 다 돌아가서 주크박스가 철컥 하고 소리를 내자 제이스 바는 다시 쥐죽은 듯이 조용해졌다.

"무슨 말을 하려는 건지 알 것 같아요."

하지만, 하고 말을 이으려다가 쥐는 곧 그 말을 삼켜버렸다. 해봤자 소용없는 말이었다. 쥐는 미소를 짓고 일어나서 잘 마셨다고 말했다.

"집까지 태워다줄게요."

"아니, 괜찮아. 집은 가깝고, 게다가 난 걷는 게 좋아."

"그럼, 잘 쉬세요. 고양이한테 안부 전해주시고요."

"고마워."

계단을 올라가 밖으로 나오자 싸늘한 가을 냄새가 났다. 쥐는 가로수 하나하나를 주먹으로 가볍게 치면서 주차장까지 걸어가, 주차 미터기를 아무 생각 없이 한참 바라보고 나서 차에 올라탔다. 조금 망설이다가 바다 쪽으로 운전해서 여자의 아파트가 보이는 바닷가에 차를 세웠다. 아파트의 절반가량은 아직도 창에 불이 켜져 있었다. 몇몇 커튼 너머로는 사람의 그림자도 보였다.

여자의 방은 캄캄했다. 침대 옆의 스탠드도 꺼져 있었다. 벌써 잠이 들었나 보다. 무척 쓸쓸했다.

파도 소리가 조금씩 거세지는 것 같았다. 마치 파도가 당장이라도 방파제를 넘어와서 차와 함께 쥐를 어딘가 멀리까지 떠밀어버릴 것 같았다. 쥐는 라디오를 켜고 의미도 없는 디스크자키의 이야기를 들으면서 시트를 뒤로 젖히고 머리 뒤로 손깍지를 낀 다음 눈을 감았다. 몸은 지칠 대로 지쳐 있었다. 그때문에 뭐라고 이름 붙일 수도 없는 갖가지 감정들이 있어야 할 장소를 찾지 못한 채 어딘가로 사라져버린 것 같았다. 쥐는 한숨을 내쉬고 텅 빈 머리를 시트에 기댄 채 파도 소리에 섞여 들려오는 디스크자키의 목소리에 귀를 기울였다. 그러는 동안 서서히 잠이 찾아왔다.

11

목요일 아침, 쌍둥이가 나를 깨웠다.

여느 때보다 15분 정도 일렀지만 별생각 없이 뜨거운 물로 수염을 깎고, 커피를 마시고, 잉크가 흠뻑 손에 묻어 날 것 같은 조간신문을 샅샅이 읽었다.

"부탁이 있어." 쌍둥이 중 한쪽이 말했다.

"일요일에 차를 좀 빌릴 수 있을까?" 다른 쪽이 물었다.

"아마 될 거야. 그런데 어디를 가려고?"

"저수지."

"저수지?"

두 사람은 고개를 끄덕였다.

"저수지에 뭐 하러 가는데?"

"장례식을 치르러."

"누구의 장례식?"

"배전반."

"그렇군."

나는 그렇게 말하고 계속 신문을 읽었다.

일요일에는 공교롭게도 아침부터 계속 이슬비가 내렸다. 하기야 배전반의 장례식에 어떤 날씨가 어울리는지 나로서는 알 수가 없었다. 쌍둥이는 비에 대해서는 한마디도 언급하지 않았기 때문에 나도 잠자코 있었다.

토요일 밤 친구에게서 하늘색 폭스바겐을 빌렸다. 여자라도 생겼냐고 그가 물었다. 나는 으응, 하고 얼버무렸다. 폭스바겐 뒷좌석에는 그의 아들이 묻힌 것 같은 밀크초콜릿 자국이 마치 총격전 뒤의 핏자국처럼 여기저기에 묻어 있었다. 카스테레오용 카세트테이프가 괜찮은 것이 없었기 때문에, 저수지로 가는 한 시간 반 동안 우리는 음악도 듣지 않고 오로지 침묵 속에서 쉼 없이 달렸다. 빗발은 차가 달림에 따라 규칙적으로 강해졌다가 약해지고, 다시 강해졌다가 약해졌다. 하품이 나올 것 같은 비였다. 포장도로 위를 빠른 속도로 스쳐 지나가는 자동차들의 쉭 소리만이 끊임없이 같은 높낮이로 계속되었다.

쌍둥이 중 한 명은 조수석에 앉고, 다른 한 명은 쇼핑백에 넣은 배전반과 보온병을 끌어안은 채 뒷좌석에 앉아 있었다. 그녀들은 장례식 날에 걸맞게 엄숙했다. 나도 그에 따랐다. 도중에 쉬면서 구운 옥수수를 먹을 때조차 우리는 엄숙했다. 옥수수 알갱이를 떼어낼 때 나는 톡톡 소리만이 정적을 깨뜨렸다. 우리는 마지막 한 알까지 다 뜯어 먹은 세 개의 옥수수 속대를 남겨두고 다시 달렸다.

개가 무척 많은 곳이었다. 개들은 마치 수족관의 방어 떼처럼 빗속을 정처 없이 돌아다니고 있었다. 그때문에 나는 쉴 새 없이 클랙슨을 울려대야 했다. 개들은 비나 자동차 따위엔 전혀 관심이 없는 듯했다. 대개는 클랙슨 소리에 노골적으로 싫은 표정을 지었지만, 그래도 능숙하게 몸을 피했다. 하지만 비로부터 몸을 피할 수는 없었다. 개들은 모두 똥구멍까지 흠뻑 젖었는데, 어떤 녀석은 발자크의 소설에 나오는 물개처럼 보였고, 어떤 녀석은 명상에 잠긴 승려처럼 보이기도 했다.

쌍둥이 중 한 명이 내게 담배를 물려주고 불을 붙여줬다. 그리고 면바지를 입은 내 넓적다리 안쪽을 조그만 손바닥으로 몇 번이나 쓰다듬었다. 그것은 나를 애무하기 위해서라기보다는 뭔가를 확인하기 위한 행위처럼 보였다.

비는 영원히 내릴 것 같았다. 10월의 비는 언제나 이런 식으로 내린다. 모든 것을 흠뻑 적실 때까지 언제까지고 하염없이 내린다.

땅바닥은 흠뻑 젖어 있었다. 나무도 고속도로도 밭도

차도 집도 개도, 모든 것이 구석구석까지 비를 빨아들였고, 세상은 구제할 수 없는 냉랭함으로 가득 찼다.

얼마 동안 산길을 올라가 깊은 숲 사이의 길을 빠져나가자 저수지가 나왔다. 비 때문인지 주위에는 사람 그림자조차 볼 수 없었다. 비는 시선이 닿는 먼 곳까지 저수지 수면에 내리퍼붓고 있었다. 저수지에 비가 내리는 광경은 상상했던 것보다 훨씬 더 비참했다. 우리는 저수지 옆에 차를 세우고, 차 안에서 보온병에 담아 온 커피를 마시고 쌍둥이가 사온 쿠키를 먹었다. 쿠키는 커피와 버터크림과 메이플시럽 세 종류가 있었기 때문에, 불공평하지 않도록 우리는 정확히 세 개씩 나눠 먹었다.

그동안에도 비는 끊임없이 저수지에 쏟아져 내리고 있었다. 비는 무척 조용히 내렸다. 신문지를 잘게 찢어 두꺼운 카펫 위에 뿌리는 정도의 소리밖에 나지 않았다. 클로드 를루슈의 영화에서 자주 내리던 비다.

우리는 쿠키를 먹고 커피를 두 잔씩 마시고 나자, 약속이라도 한 듯 무릎을 탁탁 털었다. 서로 한마디의 말도 하지 않았다.

"자, 슬슬 일을 끝내야지." 쌍둥이 중 한 명이 말했다.

다른 한 명이 고개를 끄덕였다.

나는 담배를 껐다.

우리는 우산도 쓰지 않고 저수지를 향해 튀어나온 다리의 끝까지 걸어갔다. 저수지는 강을 가로막아 인공적으로 만든 것이었다. 수면은 산허리를 씻어내듯이 어색한 형태로 구부러져 있었다. 수면의 색깔을 보니 기분 나쁠 정도로 수심이 깊어 보였다. 비는 그곳에 잔잔한 파문을 일으키면서 쏟아지고 있었다.

쌍둥이 중 한 명이 쇼핑백에서 문제의 배전반을 꺼내 내게 줬다. 배전반은 빗속에서 여느 때보다 한층 더 초라하게 보였다.

"뭔가 기도문이라도 말해봐."

"기도?" 나는 놀라서 소리쳤다.

"장례식이니까 기도를 해야 해잖아."

"미처 생각 못 했군. 사실 지금 난 생각나는 게 없어."

"뭐라도 좋아."

"형식일 뿐이야."

나는 머리끝에서 발끝까지 흠뻑 비에 젖으며 적당한 문구를 찾았다. 쌍둥이는 걱정스러운 듯이 나와 배전반을 번갈아 바라봤다.

"철학의 의무는," 나는 칸트의 말을 인용했다. "오해에

의해서 생긴 환상을 제거하는 데 있다. …배전반이여, 저
수지 밑바닥에 편히 잠들라."

"던져."

"응?"

"배전반 말이야."

나는 오른팔을 한껏 백스윙한 다음에 배전반을 45도 각
도로 있는 힘껏 던졌다. 배전반은 빗속에서 멋진 원을 그
리며 날아가 수면을 때렸다. 그러자 파문이 서서히 퍼져
나가면서 우리 발밑까지 밀려왔다.

"훌륭한 기도였어."

"네가 생각한 거야?"

"물론이지."

우리 세 사람은 개처럼 흠뻑 젖은 채 바짝 붙어서 저수
지를 바라봤다.

"얼마나 깊을까?" 한쪽이 물었다.

"엄청나게 깊겠지."

"물고기는 있을까?" 다른 쪽이 물었다.

"어떤 못에나 반드시 물고기는 있는 법이야."

멀리서 바라본 우리의 모습은 틀림없이 품위 있는 기념
비처럼 보였을 것이다.

12

그 주의 목요일 아침, 나는 가을 들어 처음으로 스웨터를 입었다. 아무 특징도 없는 회색 셰틀랜드 울 스웨터로, 겨드랑이 밑이 약간 터지긴 했어도 느낌은 좋았다. 여느 때보다 정성 들여 수염을 깎고 조금 두꺼운 면바지를 입은 다음 거무스름해진 부츠를 꺼내 신었다.

구두는 마치 발치에 얌전히 앉아 있는 두 마리의 강아지처럼 보였다. 쌍둥이가 온 방 안을 뒤져서 내 담배와 라이터와 지갑과 전철 정기권을 찾아줬다.

사무실 책상 앞에 앉아 여직원이 끓여다준 커피를 마시면서 여섯 자루의 연필을 깎았다. 방 안이 온통 연필심과 스웨터 냄새로 가득 찼다.

점심 식사는 밖에서 했고, 아비시니아고양이와 장난을 쳤다. 1센티미터가량의 진열장 유리 틈새로 새끼손가락을 집어넣으면 두 마리의 고양이는 앞다퉈 뛰어오르며 내 손가락을 깨물었다.

그날은 애완동물 가게의 점원이 고양이를 안아보게 해

췄다. 고급 캐시미어 같은 감촉이었다. 고양이는 차가운 코끝을 내 입술에 갖다 댔다.

"사람을 아주 잘 따르죠." 점원이 설명했다.

나는 감사하다는 인사를 하고 고양이를 진열장에 집어넣은 다음 쓸 데도 없는 고양이 먹이를 한 상자 샀다. 점원은 정성껏 포장해줬다. 내가 고양이 먹이 꾸러미를 안고 가게를 나올 때에도, 고양이 두 마리는 꿈의 단편이라도 바라보듯이 내 모습을 꼼짝 않고 응시하고 있었다.

사무실에 돌아오자 여직원이 스웨터에 달라붙어 있는 고양이 털을 털어줬다.

"고양이하고 놀다 왔어." 나는 변명하듯이 말했다.

"겨드랑이가 터졌는데요."

"알아. 작년부터 그랬어. 현금 수송차를 습격할 때 백미러에 걸렸거든."

그녀는 하나도 재미없다는 듯이 "벗어봐요" 하고 말했다.

내가 스웨터를 벗자 그녀는 의자 옆에서 긴 다리를 꼬고 앉아 검은 실로 겨드랑이를 꿰매기 시작했다. 그녀가 스웨터를 꿰매는 동안 나는 책상으로 돌아와 오후에 쓸 연필을 깎고 나서 다시 일을 시작했다. 누가 뭐래도 나는 일에 관해서만큼은 흠잡을 데 없는 인간이라고 생각한다.

정해진 시간에 정해진 양의 일을 정확히, 그것도 가능한 한 양심적으로 하는 게 내 방식이다. 아우슈비츠에서 일했더라면 틀림없이 인정받았을 것이다. 문제는 내게 맞는 장소가 모두 시대에 뒤떨어져가고 있다는 점이다. 어쩔 수 없는 일이다. 구태여 아우슈비츠나 2인승 뇌격기로 거슬러 올라갈 것도 없다. 이미 아무도 미니스커트 같은 건 입지 않고, 잰 & 딘의 노래 따윈 듣지 않는다. 마지막으로 가터벨트가 달린 거들을 입은 여자를 본 게 언제였더라?

시계가 세 시를 가리키자, 여직원이 평소처럼 뜨거운 차와 쿠키 세 개를 가지고 책상으로 다가왔다. 스웨터는 감쪽같이 꿰매져 있었다.

"잠시 의논을 드려도 괜찮을까요?"

"얼마든지."

나는 대꾸하고 나서 쿠키를 먹었다.

"11월의 여행에 관한 얘긴데요" 하고 그녀가 말을 꺼냈다. "홋카이도 같은 곳은 어떨까요?"

우리 세 사람은 11월에 함께 여행을 가기로 계획을 세우고 있었다.

"나쁘지 않겠는데."

"그럼 그렇게 결정하겠어요. 곰은 안 나오죠?"

"글쎄, 이미 동면에 들어가지 않았을까."

그녀는 안심한 듯이 고개를 끄덕였다.

"저녁 식사 같이하지 않을래요? 근처에 맛있는 새우 요릿집이 있거든요."

"좋아."

레스토랑은 사무실에서 택시로 5분 정도 걸리는 조용한 주택가 한가운데에 있었다. 우리가 자리에 앉자 검은 양복을 입은 웨이터가 야자 섬유로 짠 카펫 위를 소리도 없이 걸어와서, 수영장에서 쓰는 킥보드만큼 큰 메뉴판을 두 개 놓고 갔다. 요리를 주문하기 전에 우선 맥주를 두 병 주문했다.

"이 집 새우는 정말 맛있어요. 살아 있는 걸 찌는 거예요."

나는 맥주를 마시면서 감탄했다.

그녀는 잠깐 가느다란 손가락으로 목에 건 별 모양의 펜던트를 만지작거렸다.

"하고 싶은 말이 있으면 식사 전에 하는 게 좋을 거야."

나는 그렇게 말하고 나서 말하지 말걸, 하고 후회했다. 나는 매번 그렇다.

그녀는 살짝 미소 지었다. 그 4분의 1센티미터 정도의 미소는 제자리로 돌아가는 게 귀찮다는 듯이 잠시 입가에 머물러 있었다. 식당에 손님이 너무 없어서 새우가 수염을 움직이는 소리까지 들릴 정도였다.

"지금 하는 일이 좋아요?" 그녀가 물었다.

"글쎄, 일에 관해 그런 식으로 생각해본 적은 한 번도 없어. 하지만 불만도 없어."

"나도 불만은 없어요." 그녀는 그렇게 말하고 맥주를 한 모금 마셨다. "월급도 많고, 두 분 모두 친절하시죠. 휴가도 꼬박꼬박 받을 수 있고…."

나는 잠자코 듣고 있었다. 남의 이야기를 진지하게 듣는 건 정말 오랜만이었다.

"하지만 난 이제 겨우 스무 살이거든요. 이런 식으로 평생을 살고 싶진 않아요."

요리가 테이블에 놓이는 동안 우리의 대화는 중단되었다.

"넌 아직 젊어. 앞으로 연애도 할 거고 결혼도 하겠지. 인생이란 점점 변하는 거니까."

"변하는 건 하나도 없어요." 그녀는 나이프와 포크로 능숙하게 새우 껍질을 벗기면서 띄엄띄엄 말했다. "아무도 나를 좋아하지 않을 거예요. 하잘것없는 바퀴벌레 덫이나 조립하고, 스웨터나 꿰매면서 일생을 마칠 거라고요."

나는 한숨을 쉬었다. 갑자기 몇 살이나 더 먹은 것 같은 느낌이 들었다.

"넌 귀엽고 매력적인 데다 다리도 늘씬하고 머리도 좋아. 게다가 새우 껍질도 잘 벗기고 말이야. 틀림없이 잘될 거야."

그녀는 말없이 계속 새우를 먹었다. 나도 새우를 먹었다. 새우를 먹으면서 저수지 밑바닥에 있을 배전반을 생각했다.

"스무 살 때 뭘 했어요?"

"여자에게 빠져 있었지."

1969년, 우리의 해였다.

"그래서 어떻게 됐는데요?"

"헤어졌어."

"행복했나요?"

"멀리서 보면 대개는 아름답게 보이는 법이거든."

나는 새우를 꿀꺽 삼키면서 대답했다.

우리가 식사를 끝낼 무렵 식당은 조금씩 손님들로 메워졌고, 포크와 나이프와 삐걱거리는 의자 소리가 시끄럽게 들리기 시작했다. 나는 커피를, 그녀는 커피와 레몬 수플레를 주문했다.

"지금은 어때요? 애인 있어요?" 그녀가 물었다.

나는 잠시 동안 생각하고 나서 쌍둥이는 제외하기로 했다.

"아니."

"외롭지 않아요?"

"익숙해졌어. 훈련을 통해서 말이야."

"어떤 훈련이요?"

나는 담배에 불을 붙이고 그녀의 머리에서 50센티미터쯤 위에 연기를 내뿜었다.

"난 이상한 별자리에서 태어났어. 그래서 내가 원하는 건 뭐든지 반드시 손에 넣었어. 하지만 뭔가를 손에 넣을 때마다 다른 뭔가를 짓밟아왔지. 무슨 말인지 알겠어?"

"조금은요."

"아무도 믿지 않지만 사실이야. 3년 전쯤에 그걸 깨달았어. 그래서 이젠 아무것도 원하지 말아야겠다고 생각했지."

그녀는 고개를 저었다.

"그래서 평생 그렇게 살아갈 생각이에요?"

"아마도 그럴 거야. 누구에게도 폐를 끼치지 않아도 되니까."

"정말로 그렇게 생각한다면 신발장 속에서 살면 되겠네요."

훌륭한 의견이었다.

우리는 역까지 나란히 걸어갔다. 스웨터를 입어서 밤공
기가 포근하게 느껴졌다.

"알았어요. 어떻게든 해볼게요."

"별로 도움이 못 돼서 미안한데."

"얘기를 할 수 있었던 것만으로도 좋았어요."

우리는 같은 플랫폼에서 반대 방향으로 가는 전철을 탔다.

"정말로 외롭지 않아요?"

그녀는 마지막으로 다시 한번 물었다. 내가 그럴듯한
대답을 찾는 동안에 전철이 들어왔다.

13

어느 날 무엇인가가 우리의 마음을 사로잡는다. 뭐든 좋다, 사소한 것이다. 장미 꽃송이, 잃어버린 모자, 어릴 때 마음에 들어 했던 스웨터, 오래된 진 피트니의 레코드…. 이미 어디로도 갈 곳 없는 하찮은 것들이다. 이틀이나 사흘* 정도 그 무엇인가는 우리의 마음을 방황하다가 본래의 장소로 되돌아간다. …암흑. 우리의 마음에는 우물이 여러 개 파여 있다. 그리고 그 우물 위를 새가 지나간다.

그 가을의 일요일 저물녘에 내 마음을 사로잡은 건 다름 아닌 핀볼이었다. 나는 쌍둥이와 함께 골프 코스의 8번 홀 잔디 위에서 저녁놀을 바라보고 있었다. 8번 홀은 파5의 롱홀로, 장애물도 언덕도 없었다. 초등학교의 복도 같은 평평한 길이 똑바로 이어져 있을 뿐이었다. 7번 홀에서는 근처에 사는 학생이 플루트 연습을 하고 있었다. 마음이 아릿해질 것 같은 두 옥타브의 음계 연습을 배경으로 석양이 언덕에 반쯤 몸을 묻으려 하고 있었다. 왜 그런 순간에 핀볼이 내 마음을 사로잡았는지 나도 모르겠다.

그뿐 아니라 시간이 흘러갈수록 핀볼의 이미지는 내 내부에서 점점 팽창했다. 눈을 감으면 범퍼가 볼을 튕기는 소리와 점수판에서 점수가 바뀌는 소리가 귓가에 울렸다.

*

1970년, 나와 쥐가 제이스 바에서 맥주를 마셔대고 있을 무렵 나는 결코 열렬한 핀볼 플레이어는 아니었다. 제이스 바에 있던 기계는 그 당시로서는 보기 드문 3 플리퍼 '스페이스십'이라고 불리는 모델이었다. 필드가 상하로 나뉘어 위에 한 개, 아래에 두 개의 플리퍼가 달려 있었다. 솔리드 스테이트가 핀볼 머신의 세계에 인플레이션을 가져오기 이전의, 평화롭고 좋았던 시절의 모델이었다. 쥐가 핀볼에 미쳐 있었을 때, 92500이라는 그의 최고 기록을 기념하기 위해 나는 핀볼 머신과 함께 있는 쥐의 사진을 찍어준 적이 있었다. 쥐는 핀볼 머신 옆에 기대어 싱긋 웃고 있었고, 핀볼 머신도 92500이라는 숫자를 표시한 채 싱긋 웃고 있었다. 그것은 내가 코닥 포켓 카메라로 찍은 사진 가운데 유일하게 가슴 훈훈해지는 사진이었다.

쥐는 마치 제2차 세계대전의 격추왕처럼 보였고, 핀볼 머신은 낡은 전투기처럼 보였다. 정비사가 프로펠러를 손으로 돌려 날아오른 다음에 조종사가 바람막이를 쾅 하고 닫는 구식 전투기 말이다. 92500이라는 숫자가 쥐와 핀볼 머신을 연결시키며 왠지 모를 친밀한 분위기를 자아냈다.

일주일에 한 번 핀볼 회사의 수금인 겸 수리공이 제이스 바에 왔다. 그는 서른 살 남짓한 비정상적일 정도로 깡마른 남자로, 누구하고도 거의 말을 하지 않았다. 가게에 들어오면 J에게 눈길도 주지 않고, 핀볼 머신 밑에 있는 뚜껑을 열쇠로 열어 동전을 캔버스 천으로 만든 자루에 쩔렁거리며 쏟아부었다. 그런 뒤 동전 한 개를 집어 들고는 점검하기 위해 기계에 넣고, 두세 번 플런저의 용수철 상태를 확인한 후 재미없다는 듯이 볼을 튕겼다. 그러고는 볼을 범퍼에 대고 마그네틱 상태를 점검한 다음 모든 레인을 통과시켜 타깃을 전부 떨어뜨렸다. 드롭 타깃, 킥 아웃 홀, 로트 타깃… 마지막으로 보너스 라이트가 켜지면, 지겹다는 표정으로 볼을 아웃 레인에 떨어뜨리고 게임을 끝냈다. 그리고 J에게 아무 문제 없다는 식으로 고개

를 끄덕인 뒤 가게를 나갔다. 담배가 절반쯤 타들어갈 정
도의 시간밖에 걸리지 않았다.

나는 담뱃재 터는 것도, 쥐는 맥주 마시는 것도 잊은 채
우리 두 사람은 놀라서 그 남자의 화려한 기술을 멍하니
바라봤다.

"꿈만 같군. 저 정도의 기술이라면 15만은 쉽게 벌겠다.
아니, 20만 엔도 가능할지 몰라." 쥐가 말했다.

"프로니까 그렇지."

나는 쥐를 위로했다. 그래도 명조종사의 긍지는 되돌아
오지 않았다.

"저 사람에 비하면, 나 같은 건 아직 여자의 새끼손가락
끝을 잡은 정도밖에 안 되는군."

쥐는 그렇게 말하고 입을 다물었다. 그리고 점수판의
숫자가 여섯 자리를 넘는 허망한 꿈을 계속 꿨다.

"저건 직업이야." 나는 계속 설득했다. "처음 얼마 동안
은 물론 즐거웠을지 모르지만 아침부터 밤까지 저 짓을
해봐. 누구든지 신물이 날걸."

"아니." 쥐는 고개를 저었다. "난 안 그래."

138

14

제이스 바가 오랜만에 손님들로 붐볐다. 낯선 얼굴이 대부분이었지만, 그래도 손님은 손님이니 J의 기분이 나쁠 리 없었다. 아이스픽으로 얼음 깨는 소리, 온더록스 잔을 돌리는 딸깍 소리, 웃음소리, 주크박스의 잭슨 파이브 노래, 만화의 말풍선처럼 천장에 떠 있는 흰 연기, 마치 여름의 성수기가 다시 찾아온 듯한 밤이었다.

그래도 쥐에겐 어쩐지 뭔가 다른 것처럼 느껴졌다. 그는 카운터 가장자리에 혼자 외롭게 앉아서, 펼쳐놓은 책의 같은 페이지를 아까부터 몇 번이나 반복해서 읽은 후 체념하고 책을 덮었다. 할 수만 있다면 맥주의 마지막 한 모금을 마시고 집으로 돌아가서 자고 싶었다. 만약 정말로 잠을 잘 수만 있다면….

그 주에 쥐는 철저하게 운이 나빴다. 자주 자다가 깨고 맥주와 담배, 날씨까지 좋지 않았다. 산의 표면을 씻어 내린 빗물이 강으로 흘러들어 바다를 갈색과 회색으로 얼룩지게 했다. 불쾌한 광경이었다. 머릿속은 마치 헌 신문지를 뚤뚤 뭉쳐서 구겨 넣은 것 같았다. 늘 깊이 잠들지 못하고 금방 깨곤 했다. 난방이 지나치게 잘되는 치과 대기실에서 자는 것 같은 느낌의 잠이었다. 누군가가 문을 열 때마다 잠에서 깬다. 시계를 바라본다.

그 주의 중반쯤에 쥐는 혼자 위스키를 마시면서 모든 사고를 한동안 동결시키기로 결심했다. 의식의 틈새마다 흰곰이라도 지나갈 수 있을 정도의 두꺼운 얼음을 깔아놓음으로써 그 주의 후반부를 극복할 수 있으리라 기대하며 잠들었다. 하지만 잠에서 깼을 때 아무것도 변한 것이 없었다. 머리가 조금 아플 뿐이었다.

쥐는 눈앞에 늘어서 있는 여섯 개의 빈 맥주병을 바라봤다. 병 사이로 J의 뒷모습이 보였다.

지금이 은퇴할 적당한 시기인지도 모른다고 쥐는 생각했다. 이 술집에서 처음으로 맥주를 마신 것은 열여덟 살 때였다. 수천 병의 맥주, 수천 개의 감자튀김, 주크박스에 있는 수천 장의 레코드. 모든 것이 마치 작은 배에 밀려드는 파도처럼 왔다가는 사라져갔다. 나는 이제 맥주를 마실 만큼 충분히 마신 게 아닐까? 물론 서른이 되든, 마흔이 되든 맥주는 얼마든지 마실 수 있다. 하지만 여기서 마시는 맥주만은 다르다고 그는 생각한다. 스물다섯 살, 은퇴하기에 나쁘지 않은 나이다. 감각이 있는 인간이라면 대학을 나와서 은행의 대부계에서라도 일하고 있을 나이다.

쥐는 늘어서 있는 빈 병에 다시 한 병을 보태고, 흘러넘칠 것 같은 잔의 술을 단숨에 절반가량 마셨다. 그러고는 반사적으로 손등으로 입을 닦고 젖은 손등을 면바지 엉덩이에 닦았다.

자아, 생각해보자, 도망치지 말고 생각해보자구, 스물다섯 살… 조금은 생각해도 좋은 나이야, 하고 쥐는 스스로를 타일렀다. 열두 살 먹은 남자애 두 명을 합쳐놓은 나이라구. 너에게 그만한 가치가 있을까? 없지. 한 사람만큼도 없어. 빈 피클 병에 쑤셔 박힌 개미집만 한 가치도 없다구. …그만둬, 시시껄렁한 은유는 이제 지겨워. 아무 도움도 되지 않아. 생각해봐, 너는 어딘가에서부터 잘못된 거야. 기억해봐. …내가 알 게 뭐야!

쥐는 단념하고 나머지 맥주를 다 마셨다. 그리고 손을 들어 새 맥주를 부탁했다.

"오늘 너무 많이 마시는 것 같은데." J가 말했다.

그래도 결국은 여덟 병째의 맥주가 놓였다.

머리가 조금 아팠다. 몸이 마치 파도에 흔들리듯이 몇

번 위아래로 움직였다. 눈 안쪽에서 나른함을 느꼈다. 머릿속 깊은 곳에서부터 토해, 하는 목소리가 들렸다. 토해버려, 그러고 나서 천천히 생각하는 거야. 자아, 일어서서 화장실로 가. …안 돼. 한 걸음도 옮길 수가 없어. …그래도 쥐는 가슴을 펴고 화장실까지 걸어가서 문을 열고 들어가, 거울을 보며 아이라인을 그리고 있던 젊은 여자를 쫓아냈다. 그러고 나서 변기 쪽으로 몸을 숙였다.

토하는 게 몇 년 만이지? 토하는 법까지 잊어버렸다. 바지를 벗어야 하던가? …시시한 농담은 집어치워. 잠자코 토하기나 하라구. 위액까지 토해버려.

위액까지 토해버리고 나서 쥐는 변기에 걸터앉아 담배를 피웠다. 그리고 비누로 얼굴과 손을 씻고, 거울을 보며 젖은 손으로 머리카락을 매만졌다. 좀 지나치게 음침했지만, 코와 턱의 모양은 그다지 나쁘지 않다. 공립중학교의 여교사라면 마음에 들어 할지도 모른다.

화장실에서 나와, 아이라인을 그리다 만 여자의 자리로 가서 정중히 사과했다. 그리고 카운터로 돌아와 맥주를 반 잔쯤 마시고, J가 준 얼음물을 단숨에 들이켰다. 두세 번 머리를 흔들고 담배에 불을 붙이고 나자 머리의 기능이 정상적으로 움직이기 시작했다.

자아, 이제 괜찮아, 하고 쥐는 소리 내어 말해봤다. 밤은 길어. 천천히 생각해봐.

15

내가 정말로 핀볼의 주술 세계에 빠진 건 1970년 겨울의 일이었다. 그 반년 정도를 어두운 구멍 속에서 지낸 것 같은 기분이 든다. 초원의 한가운데에 내 크기에 맞는 구멍을 파고, 거기에 푹 몸을 파묻고, 모든 소리에 귀를 막았다. 무엇 하나 내 흥미를 끌지 못했다. 그리고 저녁때가 되면 잠에서 깨어나 코트를 걸치고, 오락실 한구석에서 시간을 보냈다.

기계는 간신히 찾아낸 플리퍼 '스페이스십'으로, 제이스 바의 것과 완전히 똑같은 모델이었다. 동전을 집어넣고 플레이 버튼을 누르면, 기계는 몸서리라도 치듯 소리를 내면서 열 개의 타깃을 올리고, 보너스 라이트를 끄고, 점수를 여섯 자리 모두 제로로 되돌리고, 레인에 첫 번째 볼을 튕겨 보냈다. 동전을 쉴 새 없이 기계에 밀어 넣었고, 꼭 한 달 뒤 차가운 비가 내리던 초겨울의 어느 날 저녁, 내 점수는 열기구가 마지막 모래주머니를 지상으로 집어 던지듯이 여섯 자리를 넘었다.

나는 떨리는 손가락을 플리퍼 버튼에서 억지로 떼어내고, 등 뒤의 벽에 몸을 기대고, 얼음처럼 차가운 캔맥주를 마시면서 점수판에 표시되어 있는 105220이라는 여섯 개의 숫자를 오랫동안 꼼짝 않고 바라봤다.

나와 핀볼의 짧은 밀월은 그렇게 시작되었다. 대학에는 거의 얼굴을 내밀지 않고, 아르바이트 수입의 대부분을 핀볼에 쏟아부었다. 하깅, 패스, 트랩, 스톱 숏… 많은 테크닉을 익혔다. 내가 게임을 할 때면 언제나 뒤에서 누군가가 구경을 했다. 빨간 립스틱을 칠한 여고생이 내 팔에 부드러운 가슴을 갖다 대기도 했다.

점수가 15만을 넘었을 무렵에 본격적인 겨울이 찾아왔다. 나는 인적이 드문 썰렁한 오락실에서 더플코트로 몸을 감싸고 머플러를 귀까지 끌어올린 채 핀볼 머신에 계속 달라붙어 있었다. 화장실의 거울 속에서 가끔 보는 내 얼굴은 야위어 뼈가 튀어나오고 피부는 몹시 까칠해져 있었다. 세 게임이 끝날 때마다 벽에 기대어 쉬었고, 덜덜 떨면서 맥주를 마셨다. 맥주의 마지막 한 모금에서는 언제나 납 같은 맛이 났다. 담배꽁초를 발밑에 아무렇게나 내던지고 주머니에 넣어뒀던 핫도그를 먹었다.

그녀는 멋있었다. 3 플리퍼 스페이스십… 나만이 그녀

를 이해했고, 그녀만이 나를 이해했다. 내가 플레이 버튼을 누를 때마다 그녀는 기분 좋은 소리를 내면서 점수판에 제로를 여섯 개 표시하고는 내게 미소를 보냈다. 나는 1밀리미터의 오차도 없는 위치로 플런저를 당기고, 반짝반짝 빛나는 은색 볼을 레인에서 필드로 튕겼다. 볼이 필드를 돌아다니는 동안, 나는 질 좋은 대마초를 피울 때처럼 끝없는 해방감을 느꼈다.

여러 가지 상념이 머릿속에 순서 없이 떠올랐다가 사라져갔다. 다양한 사람의 모습이 필드를 덮은 유리판 위에 떠올랐다가 사라졌다. 유리판은 꿈을 비춰주는 이중 거울처럼 나의 마음을 비추고, 범퍼나 보너스 라이트의 빛에 맞춰 점멸했다.

당신 탓이 아니야, 하고 그녀는 말했다. 그러고는 몇 번이나 고개를 저었다. **당신은 잘못하지 않았어, 열심히 노력했잖아.**

아니야, 하고 나는 말했다. 왼쪽의 플리퍼, 탭 트랜스퍼, 9번 타깃. **아니라니까. 난 아무것도 할 수 없었어. 손가락 하나 움직일 수 없었지. 하지만 하려고 마음만 먹었다면 할 수 있었을 거야.**

사람이 할 수 있는 건 한정돼 있어, 하고 그녀는 말했다.

그럴지도 모르지. 하지만 무엇 하나 끝나지 않았어. 아마 언제까지나 똑같을 거야, 하고 나는 말했다. 리턴 레인, 트랩, 킥 아웃 홀, 리바운드, 행잉, 6번 타깃… 보너스 라이트.

121150, **끝났어, 모든 것이**, 하고 그녀는 말했다.

*

이듬해 2월, 그녀는 사라졌다. 오락실은 깨끗이 헐렸고, 그다음 달에 24시간 영업을 하는 도넛 가게가 들어섰다. 커튼 천 같은 것으로 된 제복을 입은 아가씨가 바삭거리는 도넛을 같은 모양의 접시에 담아서 가져다주는 가게였다. 바깥에 오토바이를 세워놓은 고등학생이나 밤에 운전하는 운전사, 계절과는 무관한 히피나 술집에 나가는 여자들이 한결같이 지겨운 표정으로 커피를 마시고 있었다. 나는 끔찍하게도 맛없는 커피와 시나몬 도넛을 주문하고 오락실에 관해 아는 게 없냐고 웨이트리스에게 물어봤다.

그녀는 수상쩍다는 듯이 나를 바라봤다. 바닥에 떨어진 도넛이라도 보는 듯한 눈초리였다.

"오락실이라고요?"

"얼마 전까지 여기에 있었던 것 말입니다."

"몰라요."

그녀는 졸린 듯이 고개를 저었다. 한 달 전의 일 따윈 아무도 기억하고 있지 않은, 그런 거리인 것이다.

나는 어두운 마음으로 거리를 돌아다녔다. 3 플리퍼 스페이스십. 아무도 그 행방을 알지 못했다.

나는 핀볼을 그만두었다. 적당한 때가 되면 누구나 다 핀볼을 그만둔다. 그저 그뿐이다.

16

여러 날 동안 계속 내리던 비는 금요일 저녁이 되자 뚝 그쳤다. 창에서 내려다보이는 거리는 진저리가 날 정도로 빗물을 빨아들여서 전체가 부풀어 있었다. 조각나기 시작한 구름을 석양이 신기한 색깔로 물들였고, 그 빛은 방 안을 같은 색깔로 물들였다.

쥐는 티셔츠에 윈드브레이커를 걸쳐 입고 거리로 나갔다. 아스팔트 도로는 군데군데 조용한 물웅덩이를 이룬 채 거무칙칙하게 끝없이 뻗어 있었다. 거리에서는 비가 막 그친 뒤의 황혼 냄새가 났다. 강기슭을 따라 늘어선 소나무들은 비에 흠뻑 젖은 채 초록색 잎 끝에서 작은 물방울을 떨어뜨리고 있었다. 갈색으로 물든 빗물은 강으로 흘러들어, 바다를 향해 콘크리트 강바닥을 미끄러져 내려가고 있었다.

황혼이 금세 지나가고 습기 찬 어둠이 주위를 뒤덮기 시작했다. 그리고 그 습기는 순식간에 안개로 변했다.

쥐는 차창 밖으로 팔꿈치를 내민 채 천천히 거리를 돌

아다녔다. 고지대 언덕길 위를 흰 안개가 서쪽으로 흐르고 있었다. 쥐는 결국 강을 따라서 해안으로 내려갔다. 방파제 옆에 차를 세우고, 시트를 뒤로 젖히고는 담배를 피웠다. 모래밭도, 호안護岸 블록도, 방사림도 한결같이 검게 젖어 있었다. 여자의 방 블라인드에서는 따뜻해 보이는 노란빛이 새어 나오고 있었다. 손목시계를 봤다. 일곱 시 십오 분. 사람들이 저녁 식사를 마치고 각자 자기 방의 따스함 속으로 녹아드는 시간이다.

쥐는 두 팔을 머리 뒤로 돌리고 눈을 감은 다음 그녀 방의 모습을 기억해내려고 했다. 두 번밖에 들어가보지 못했기 때문에 기억은 정확하지 않다.

문을 열고 들어가면 바로 두 평 남짓한 식당 겸 부엌… 오렌지색 테이블보, 관엽식물 화분, 의자 네 개, 오렌지주스, 테이블 위의 신문, 스테인리스스틸로 만든 찻주전자… 모든 것이 제대로 놓여 있고, 얼룩 하나 없다. 그 안쪽에 있는 두 개의 조그만 방은 칸막이를 치워 하나의 커다란 방이 되어 있다. 유리를 깐 폭이 좁고 긴 책상, 그 위에는… 손잡이가 달린 도자기 맥주잔이 세 개. 그 속에는 갖가지 연필과 자와 제도용 펜이 가득 들어 있다. 서류함 안에는 지우개와 문진, 잉크 지우개, 오래된 영수증, 접착테이프, 가지각색의 클립… 그리고 연필깎이, 우표.

책상 옆에는 오랫동안 사용한 제도판, 목이 긴 제도용 스탠드. 그림자의 색은… 초록이다. 그리고 맞은편 벽에는 침대가 있다. 북유럽풍의 작은 흰색 나무 침대다. 두 사람이 올라가면 공원의 보트처럼 삐걱거리는 소리를 낸다.

안개는 시간이 흐를수록 농도가 짙어졌다. 우윳빛 어둠이 해변에 천천히 흐른다. 이따금 도로 앞쪽에서 노란색 안개등이 다가와 속도를 낮춘 채 쥐 옆을 스쳐 지나간다. 차창을 통해 들어오는 작은 물방울이 차 안의 모든 것을 적신다. 시트, 앞 유리, 윈드브레이커, 주머니 속 담배, 모든 걸 말이다. 먼바다에 정박한 화물선의 무적霧笛이 길 잃은 송아지처럼 날카로운 비명 소리를 내기 시작한다. 무적은 각 음계로 길고 짧게 어둠을 꿰뚫으며 산 쪽으로 날아간다.

왼쪽 벽에는, 하고 쥐는 계속 생각한다. 책장과 조그만 오디오 세트 그리고 레코드가 있다. 그 외에 옷장, 벤 샨미국의 사회주의 리얼리즘 화가의 복제화 두 장. 책장에는 책이 그다지 많지 않다. 대부분은 건축 전문 서적이고, 그 밖에 여행에 관계된 책, 가이드북, 여행기, 지도, 몇 권의 베스트셀러 소설, 모차르트의 전기, 악보, 몇 권의 사전… 프랑스어 사전의 속표지에는 어떤 일로 표창한다는 말이 적혀 있다. 대부분의 레코드는 바흐와 하이든과 모차르트다. 그리고 소녀 시절의 유물인 레코드가 몇 장…. 팻 분, 밥 딜런, 플래터스.

쥐는 거기서 막혔다. 뭔가가 빠졌다. 그것도 중요한 어떤 것이 말이다. 그때문에 방 전체가 현실감을 상실한 채 공중에서 표류하고 있었다. 뭘까? 그렇지, 잠깐만… 생각난다. 방의 조명과… 카펫이다. 어떤 조명이더라? 그리고 무슨 색깔의 카펫이었더라? …도저히 생각이 나지 않았다.

쥐는 차 문을 열고 방사림을 빠져나가, 그녀 집의 문을 노크하고 조명과 카펫의 색깔을 확인해보고 싶은 충동에 사로잡혔다. 바보 같다.

쥐는 다시 시트에 몸을 기대고 이번에는 바다를 바라본다. 어두운 바다 위에는 흰 안개 외에 아무것도 보이지 않는다. 그 안쪽에는 등대의 오렌지색 불빛이 심장의 고동처럼 정확한 간격으로 점멸을 반복하고 있다.

그녀의 방은 천장과 바닥을 잃어버린 채 한동안 어렴풋하게 어둠 속에 떠 있었다. 그러다가 미세한 부분부터 조금씩 조금씩 이미지가 흐려지기 시작하더니, 마침내 모든 것이 사라져버렸다.

쥐는 고개를 천장으로 돌리고 천천히 눈을 감았다. 스위치를 끄듯이 머릿속의 모든 불빛을 꺼버리고, 새로운 어둠 속에 마음을 파묻었다.

17

　3 플리퍼 스페이스십… 그녀가 어딘가에서 계속 나를 부르고 있었다. 며칠 동안 그것이 계속되었다.

　나는 쌓여 있는 일거리를 무서운 속도로 처리해나갔다. 이제는 점심 식사도 하지 않고, 아비시니아고양이와도 놀지 않았다. 아무하고도 말하지 않았다. 여직원은 가끔 일하는 내 모습을 살피러 와서는 어처구니없다는 듯이 고개를 절레절레 흔들고 나갔다. 두 시까지 하루분의 일을 끝내고 원고를 그녀 책상에 던져놓고는 사무실을 뛰쳐나왔다. 그리고 도쿄 시내의 모든 오락실을 돌아다니며 3 플리퍼 스페이스십을 찾아다녔다. 하지만 헛일이었다. 그 기계를 본 사람은커녕 그 기계에 대한 이야기를 들은 사람조차 한 명도 없었다.

　"4 플리퍼 지저地底 탐험은 어떻습니까? 최근에 들여놓은 기계입니다." 어떤 오락실 주인이 말했다.

　"미안하지만 그건 됐습니다."

　그는 약간 실망한 것 같았다.

"3 플리퍼 사우스포라는 것도 있습니다. 사이클 히트로 보너스 볼이 나옵니다."

"죄송하지만 스페이스십에만 관심이 있습니다."

그래도 그는 자기가 아는 핀볼 마니아의 이름과 전화번호를 친절하게 가르쳐줬다.

"이 사람이라면 당신이 찾고 있는 기계에 대해 알고 있을지도 모릅니다. 이른바 카탈로그 마니아니까요. 기계에 대해서는 제일 잘 알고 있을 겁니다. 약간 별난 사람이긴 합니다만."

"고맙습니다."

"아니에요. 찾으면 좋겠군요."

나는 조용한 찻집에 들어가 그 번호로 전화를 걸어봤다. 다섯 번쯤 벨이 울리고 나서 어떤 남자가 받았다. 조용한 목소리였다. 그 뒤로 NHK의 일곱 시 뉴스 소리와 갓난아기 소리가 들렸다.

"어느 핀볼 머신에 대해 좀 물어보고 싶습니다만."

나는 내 이름을 밝히고 나서 이야기를 꺼냈다.

잠시 동안 전화기 저편의 모든 것이 침묵했다.

"어떤 기계입니까?"

남자가 물었다. 텔레비전 소리가 작아졌다.

"3 플리퍼 스페이스십이라는 기계입니다."

남자가 깊이 생각하는 듯이 신음 소리를 냈다.

"보드에 혹성과 우주선 그림이 그려진···."

"잘 압니다." 그가 내 말을 가로막고는 헛기침을 했다.
대학원을 갓 졸업한 강사 같은 말투였다. "시카고의 길버
트 앤드 선스 사의 1968년형 모델입니다. 비운의 기계로
알려져 있죠."

"비운의 기계요?"

"어떻습니까? 만나서 이야기를 나누는 편이 좋을 것 같
은데요."

우리는 다음 날 저녁에 만나기로 했다.

*

명함을 서로 교환하고 나서 웨이트리스에게 커피를 주
문했다. 그가 정말로 대학 강사라는 사실에 나는 무척 놀
랐다. 나이는 서른이 조금 넘어 보이고, 머리숱이 적어지기
시작한 것 같았지만, 몸은 햇볕에 그을려 건강해 보였다.

"대학에서 스페인어를 가르치고 있습니다." 그가 말했

다. "사막에 물을 뿌리는 것 같은 직업이죠."

나는 감탄하며 고개를 끄덕였다.

"당신이 하는 번역 사무실에서 스페인어는 취급하지 않습니까?"

"제가 영어를 담당하고, 친구가 프랑스어를 맡고 있습니다. 그것만으로도 일이 벅차거든요."

"그것 참 유감이군요."

그는 팔짱을 낀 채 그렇게 말했지만 그다지 유감스러운 것 같지는 않았다. 그는 한참 동안 넥타이의 매듭을 만지작거렸다.

"스페인에 가본 적이 있습니까?" 그가 물었다.

"유감스럽게도 못 가봤습니다."

커피가 나오자 우리는 스페인 이야기는 그만두고 침묵 속에서 커피를 마셨다.

"길버트 앤드 선스라는 회사는, 말하자면 뒤늦게 핀볼 머신 사업에 뛰어든 회사입니다." 그가 갑자기 얘기를 시작했다. "제2차 세계대전부터 한국전쟁 때까지는 폭격기의 폭탄 투하 장치를 주로 만들었는데, 한국전쟁이 휴전한 것을 계기로 새로운 분야에 진출하려 한 거죠. 핀볼 머신, 빙고 기계, 슬롯머신, 주크박스, 팝콘 판매기… 이른바 평화 산업이죠. 핀볼 제1호기는 1952년에 완성되었습니다. 괜찮았어요. 아주 튼튼하고 값도 쌌거든요. 하지만 재미는 없는 기계였어요. 『빌보드』의 평을 빌린다면, '소비에트 육군 여군 부대에서 지급하는 브래지어 같은 핀볼 머신'이었죠. 그래도 상업적인 면에서는 성공했어요. 멕시코를 비롯해 중남미 여러 나라에 수출했거든요. 그런 나라에는 전문 기술자가 부족해서 복잡한 기계보다는 고장이 잘 안 나는 튼튼한 기계가 환영받았던 겁니다."

그는 물을 마시는 동안 침묵했다. 슬라이드용 스크린과 설명용 긴 막대기가 없는 것이 참으로 유감스러운 것 같았다.

"그런데 아시다시피 미국의, 그러니까 세계라는 뜻입니다만, 핀볼 업계는 네 개 정도의 기업이 독점하고 있습니다. 고틀리브, 밸리, 시카고 코인, 윌리엄스… 소위 빅 4죠. 거기에 길버트 사가 끼어든 겁니다. 그래서 치열한 공방전이 5년 정도 계속됐어요. 그러다가 1957년, 길버트 사는 결국 핀볼에서 손을 뗐죠."

"손을 떼다니요?"

그는 고개를 끄덕이면서 남은 커피를 맛없다는 듯이 마시고는 손수건으로 입가를 몇 번 닦았다.

"네, 경쟁에서 진 거죠. 하지만 회사 자체는 돈을 벌었습니다. 중남미 수출 덕분이죠. 타격이 심해지기 전에 손을 뗀 겁니다. …핀볼 제작은 노하우가 굉장히 복잡해요. 숙련된 전문 기술자가 여럿 필요하고, 그들을 통솔하는 기획 관리자도 필요하죠. 게다가 전국을 커버하는 네트워크도 필요합니다. 항상 부품을 비축해두는 대리점도 필요하고, 어느 곳의 기계가 고장 나더라도 다섯 시간 내에 달려갈 수 있도록 수리공도 많이 있어야 합니다. 유감스럽게도 새로 이 사업에 뛰어든 길버트 사에는 그만한 힘이 없었습니다. 그래서 그들은 눈물을 머금고 물러나, 그로부터 7년 동안 자동판매기와 크라이슬러 자동차의 와이퍼를 만들었습니다. 하지만 그들은 핀볼을 단념하진 않았어요."

그는 거기까지 이야기하고 입을 다물었다. 그러고는 상의 주머니에서 담배를 꺼내 테이블 위에다 끝을 톡톡 두드린 다음 라이터로 불을 붙였다.

"포기하지 않았죠. 그들에겐 자존심이 있었던 겁니다. 비밀 공장에서 연구를 계속했어요. 빅 4에서 퇴직한 사람들을 은밀히 스카우트해서 프로젝트 팀을 만들었죠. 그리고 막대한 연구비를 투자하면서 빅 4의 어떤 기계에도 뒤지지 않는 기계를 만들라고 했습니다. 그것도 5년 이내에 말입니다. 1959년의 일이죠. 5년의 시간을 회사에서도 유용하게 사용했습니다. 그들은 다른 제품을 이용해 밴쿠버에서 와이키키까지 완벽한 네트워크를 만들어놓았습니다. 이것으로 모든 준비가 완료되었죠. 기계 제작을 재개해서 제1호기는 예정대로 1961년에 완성되었습니다. 빅 웨이브라는 기계가 바로 그겁니다."

그는 가죽 가방 안에서 검은 스크랩북을 꺼내 펼치더니 내게 건네줬다. 잡지에서 오려낸 것 같은 빅 웨이브의 전체 사진, 부분 도면, 보드 디자인 그리고 인스트럭션 카드까지 붙어 있었다.

"이건 정말 독특한 기계였습니다. 게다가 여러 가지 새로운 아이디어로 가득 차 있었습니다. 가령 시퀀스 패턴 하나만 봐도 그래요. 이 빅 웨이브에서는 스스로 자신의 기술에 맞는 패턴을 선택할 수 있었죠. 그래서 이 기계가 인기를 끌었던 겁니다.

물론 지금은 길버트 사의 그런 다양한 아이디어가 지극히 일반적인 것이 됐지만, 그 당시에는 굉장히 신선했어요. 또 이 기계는 대단히 양심적으로 만들어졌습니다. 첫째, 튼튼했죠. 빅 4에서 만든 기계는 대략 3년 정도가 수명이었던 데 비해 이건 5년은 쓸 수 있었습니다. 둘째, 투기성이 적고 기술 중심이었어요. 그 뒤 길버트 사는 그 방침에 따라 명기계를 몇 종 더 만들었습니다. 오리엔탈 익스프레스, 스카이 파일럿, 트랜스 아메리카… 모두 마니아들에게서 높이 평가받은 기계들이죠. 스페이스십은 그들의 마지막 모델이 되었습니다.

스페이스십은 앞의 네 기계와는 완전히 다른 기계입니다. 앞의 네 기계가 갖가지 신기한 아이디어가 도입된 기계인 데 반해, 스페이스십은 매우 정통적이고 심플하죠. 빅 4가 이미 사용하고 있는 기구 외에는 아무것도 사용하지 않았어요. 그런 만큼 오히려 도전적인 기계라고 할 수 있습니다. 자신이 있었던 거죠."

그는 알아들을 수 있도록 천천히 설명해줬다. 나는 몇 번씩 고개를 끄덕이면서 커피를 마시고, 커피가 없어지자 물을 마시고, 물을 다 마시자 담배를 피웠다.

"스페이스십은 이상한 기계입니다. 얼핏 보기엔 아무 특징도 없는 것 같지만, 게임을 해보면 어딘가 다릅니다. 같은 플리퍼에 같은 타깃이지만, 다른 기종과는 뭔가 다르다 이겁니다. 그 뭔가가 마약처럼 사람들의 마음을 끌었어요. 왜인지는 알 수 없지만요. 내가 스페이스십을 비운의 기계라고 부르는 데는 두 가지 이유가 있습니다. 첫

째로, 그 기계의 훌륭한 장점을 사람들이 충분히 이해하지 못했다는 점입니다. 사람들이 겨우 이해하기 시작했을 때는 이미 너무 늦었죠. 둘째로, 회사가 도산해버렸다는 점입니다. 지나치게 양심적이었기 때문이죠. 길버트 사는 어떤 복합 기업에 흡수되었는데, 그 기업은 핀볼 부문은 필요 없다고 결정했고 그걸로 끝이었습니다. 스페이스십은 전부 1,500대 정도 생산되었지만, 그런 이유로 지금은 전설 속의 명기계가 되었습니다. 미국 마니아들 사이에서 스페이스십은 2천 달러 정도에 거래됩니다. 하지만 매물로 나오는 경우는 거의 없어요."

"왜죠?"

"아무도 팔려고 하지 않기 때문입니다. 일단 사고 나면 팔 수가 없게 되는 겁니다. 참으로 신기한 기계죠."

그는 이야기를 끝내자 습관적으로 손목시계를 들여다보고는 담배를 피웠다. 나는 두 잔째 커피를 주문했다.

"일본에는 몇 대가 수입되었습니까?"

"조사해봤더니 세 대더군요."

"적네요."

그는 고개를 끄덕였다.

"길버트 사의 제품을 취급하는 경로가 일본에 없었기

때문이죠. 1969년에 어떤 수입 대리점이 세 대를 실험적으로 수입했는데, 더 수입하려고 했을 때는 이미 길버트사가 존재하지 않았습니다."

"그 세 대 말인데요. 행방을 알 수 있습니까?"

그는 커피잔에 설탕을 넣어 여러 번 휘젓고 귓불을 긁었다.

"한 대는 신주쿠의 조그만 오락실로 흘러 들어갔습니다. 그런데 재작년 겨울에 그 오락실이 망한 뒤로 기계의 행방을 알 수가 없어요."

"그건 저도 알고 있습니다."

"또 한 대는 시부야의 오락실로 흘러 들어갔는데 그곳은 작년 봄에 불이 나서 타버렸어요. 하지만 화재보험 덕에 아무도 손해는 보지 않았습니다. 스페이스십 한 대가 이 세상에서 사라진 것뿐이죠. …상황이 이렇다 보니 비운의 기계라고 할 수밖에 없는 겁니다."

"몰타의 매 같군요."

그는 고개를 끄덕이며 말을 이었다. "그런데 마지막 한 대는 행방을 알 수가 없습니다."

나는 그에게 제이스 바의 주소와 전화번호를 가르쳐줬다. "하지만 지금은 없어요. 작년 여름에 처분했거든요."

그는 소중한 듯이 주소와 전화번호를 수첩에 메모했다.

"제가 관심을 갖고 있는 건 신주쿠에 있던 기계입니다.
어떻게 행방을 알 수 없을까요?"

"몇 가지 가능성이 있습니다. 가장 일반적인 건 고철입
니다. 기계는 회전이 엄청나게 빠릅니다. 보통 3년이면
가치와 가격이 떨어지고, 수리비를 들이느니 새것으로 바
꾸는 게 차라리 이득이죠. 물론 유행의 문제도 있고요. 그
래서 고철로 처리되는 겁니다. …두 번째 가능성은 중고
품으로 인수되는 겁니다. 오래된 모델이라도 계속 쓸 수
있는 기계는 종종 조그만 술집에 팔리기도 합니다. 그곳
에서 술꾼이나 아마추어를 상대하다가 일생을 마치죠. 세
번째 가능성은, 이건 아주 드문 일이지만 마니아가 인수
하는 경우입니다. 하지만 80퍼센트 정도가 고철로 처리
됩니다."

나는 불이 붙지 않은 담배를 손가락 사이에 끼우고 우울
한 기분에 잠겨 생각했다.

"세 번째 가능성 말인데요, 조사해볼 수는 없습니까?"

"할 수는 있지만 어렵습니다. 마니아들끼리 횡적으로 연
락하는 일이 거의 없는 세계거든요. 명부도 없고 회지도
없으니까요. …그렇지만 일단 해보겠습니다. 나도 스페이

스십에는 좀 흥미가 있거든요."

"감사합니다."

그는 푹신한 의자에 등을 깊숙이 파묻고 담배를 피웠다.

"그런데 당신의 스페이스십 최고 기록은 얼마입니까?"

"16만 5천입니다."

"대단하군요." 그는 표정도 바꾸지 않고 한 번 더 말했
다. "정말 대단한데요." 그러고는 또 귓불을 긁었다.

18

그 후 일주일 정도를 나는 기묘하리만큼 평온하고 고요하게 보냈다. 핀볼 울리는 소리가 아직도 약간씩 귓가에서 맴돌았지만, 겨울의 양지바른 곳에 떨어진 벌의 날갯짓 소리처럼 부산한 소리는 어느덧 사라졌다. 가을은 하루가 다르게 깊어갔고, 골프장을 둘러싼 잡목림은 땅 위에 마른 잎을 차곡차곡 쌓아갔다. 교외의 완만한 언덕 여기저기에서 낙엽을 태우는 가느다란 연기가 마법의 끈처럼 똑바로 하늘로 솟구쳐 오르는 것이 아파트 창에서 보였다.

쌍둥이는 조금씩 말수가 줄어들고 상냥해졌다. 우리는 산책을 하고, 커피를 마시고, 레코드를 듣고, 담요 속에서 끌어안고 잤다. 일요일에는 한 시간쯤 걸어 식물원에 가서는, 상수리나무 숲속에서 표고버섯과 시금치 샌드위치를 먹었다. 상수리나무 위에서는 꽁지가 검은 들새가 투명한 목소리로 계속 울어대고 있었다.

공기가 조금씩 차가워졌기 때문에 나는 두 사람을 위해

새 맨투맨 티셔츠를 두 장 사서 내 헌 스웨터와 함께 줬다. 그래서 두 사람은 208, 209가 아닌 올리브그린색의 라운드 스웨터와 베이지색 카디건이 되었는데, 둘 다 불평은 하지 않았다. 나는 두 사람에게 양말과 새 운동화도 사줬다. 그러고 나니 꼭 키다리 아저씨가 된 것 같았다.

10월에 내리는 비는 멋있었다. 바늘처럼 가늘고, 솜처럼 부드러운 비가 시들기 시작한 골프장의 잔디를 적셨다. 그리고 물웅덩이를 만들지도 않고, 대지로 서서히 빨려 들어갔다. 비가 그친 잡목림에서는 젖은 낙엽 냄새가 감돌았고, 석양빛이 몇 줄기 쏟아져 들어와서 땅 위에 얼룩무늬를 만들었다. 잡목림을 빠져나가는 오솔길 위를 새 몇 마리가 뛰듯이 가로질러 갔다.

사무실에서의 나날도 거의 비슷했다. 바쁜 고비를 넘긴 나는 카세트테이프로 빅스 바이더벡이나 우디 허먼, 버니 베리건 같은 연주가들의 옛 재즈를 듣고, 담배를 피우면서 느긋하게 일을 계속했다. 그리고 한 시간마다 위스키를 마시고 쿠키를 먹었다.

여직원만이 바쁜 듯이 시간표를 체크하고 비행기와 호텔을 예약했다. 그리고 내 스웨터를 두 개나 꿰매주고, 블레이저코트의 금 단추도 달아줬다. 그녀는 머리 모양을 달리하고, 립스틱을 짙은 핑크색으로 바꾸고, 부푼 가슴이 눈에 띄는 얇은 스웨터를 입었다. 그리고 가을의 공기 속으로 녹아들었다.

　모든 게 영원히 그 모습 그대로 유지될 것 같았던, 멋진 한 주였다.

19

J에게 이 고장을 떠난다고 말하는 것은 괴로운 일이었다. 왠지는 모르겠지만 무척 힘들었다. 제이스 바에 사흘 동안 매일 갔지만 끝내 말을 꺼내지 못했다. 이야기하려고 할 때마다 목이 바짝바짝 말라서 맥주를 마셨다. 그리고 견딜 수 없을 정도의 무력감에 빠져들었다. 아무리 발버둥 쳐봐도 아무 데도 갈 수 없을 거라는 생각이 들었다.

시계가 열두 시를 가리키면 쥐는 단념하고 어느 정도 안도하며 일어나서, 늘 그렇듯이 J에게 인사하고 가게를 나선다. 이제 밤바람은 완전히 차가워졌다. 아파트로 돌아와 침대에 걸터앉아 멍하니 텔레비전을 본다. 캔맥주를 따고 담배에 불을 붙인다. 오래된 서부 영화, 로버트 테일러, 광고, 일기예보, 광고 그리고 화이트 노이즈… 쥐는 텔레비전을 끄고 샤워를 한다. 또 한 개의 캔맥주를 따고 다시 담배에 불을 붙인다.

이 고장을 떠나서 어디로 가면 좋을지도 몰랐다. 어디에도 갈 만한 곳은 없는 것 같았다.

태어나서 처음으로 마음속 깊은 곳에서부터 공포가 기어 올라왔다. 검게 빛나는 땅속 벌레와 같은 공포였다. 그들은 눈도 없고, 연민도 없었다. 그리고 쥐를 자기들이 있는 땅속으로 끌어들이려 했다. 쥐는 그들의 점액을 온몸으로 느꼈다. 캔맥주를 땄다.

그 사흘 동안 쥐의 방은 빈 맥주 깡통과 담배꽁초로 가득 찼다. 무척이나 여자를 만나고 싶었다. 그녀의 따스한 피부를 온몸에 느끼며, 언제까지나 그녀 안에 있고 싶었다. 하지만 그녀에겐 돌아갈 수 없었다. 네가 스스로 다리를 불태워버리지 않았냐고 쥐는 생각했다. 네가 스스로 벽을 만들고, 그 속에 너 자신을 가둬버리지 않았냐고.

쥐는 등대를 바라봤다. 하늘이 밝아오고 바다가 회색으로 물들기 시작했다. 선명한 아침 햇살이 마치 테이블보를 벗겨내듯이 어둠을 지워버릴 무렵, 쥐는 침대에 들어가서 갈 곳 없는 피로움과 함께 잠들었다.

*

이 고장을 떠나겠다는 쥐의 결심은 한때는 흔들림 없이 확고한 것처럼 보였다. 오랫동안 다양한 각도에서 검토하고 나서 얻은 결론이었다. 어디에도 빈틈이라고는 없는 것처럼 생각되었다. 성냥을 그어 다리를 불태웠다. 그렇게 해서 미련의 여지도 사라졌다. 한동안 이곳에 나 자신의 그림자가 남을지도 모르지만, 아무도 신경 쓰지는 않을 것이다. 이곳은 계속 변하고, 이윽고 나의 그림자도 자취를 감출 것이다…. 모든 것이 순조롭게 앞을 향해 나아가고 있는 것 같았다.

그리고 J….

왜 그의 존재가 이처럼 자신의 마음을 어지럽게 만드는지 쥐는 알 수가 없었다. 난 이 고장을 떠나겠어요, 잘 있어요,라고 말하면 끝날 일이었다. 서로가 서로에 대해 아무것도 알지 못했다. 낯선 타인끼리 우연히 만났다가 그냥 스쳐 지나가는, 그뿐인 관계였다. 그래도 쥐는 마음이 아팠다. 그는 침대에 천장을 보고 누워서 꽉 쥔 주먹을 몇 번 공중에 휘둘러봤다.

*

쥐가 제이스 바의 셔터를 밀어 올린 것은 월요일 밤 열두 시가 지나서였다. J는 그날도 조명을 반쯤 끈 가게의 의자에 앉아서 하는 일 없이 담배를 피우고 있었다. 쥐가 들어오는 걸 보고 J는 미소를 지으며 고개를 끄덕였다. 어두컴컴한 데서 보니 J는 굉장히 늙어 보였다. 검은 수염이 뺨과 턱을 그림자처럼 뒤덮고, 눈은 움푹 들어갔으며, 얇은 입술은 바싹 말라서 갈라져 있었다. 목에는 핏줄이 서 있고, 손끝에는 누런 담뱃진이 배어 있었다.

"피곤해요?"

"조금." J는 잠시 입을 다물었다가 말을 이었다. "그런 날도 있지. 누구에게나 있는 일이야."

쥐는 고개를 끄덕이고 테이블의 의자를 끌어다가 J의 맞은편에 앉았다.

"비 오는 날과 월요일에는 모든 사람의 마음이 우울해진다는 유행가 가사도 있잖아요."

"맞는 말이야."

J는 담배를 쥔 자기 손가락을 들여다봤다.

"어서 집에 가서 자는 게 좋겠어요."

"아니, 괜찮아."

J는 고개를 저었다. 벌레라도 쫓는 것 같은 느린 동작이었다.

"집에 가봐야 어차피 잠이 올 것 같지 않아."

쥐는 반사적으로 손목시계를 봤다. 열두 시 이십 분이었다. 바스락거리는 소리 하나 들리지 않는 지하실의 어스름한 조명 밑에서 시간은 죽은 것 같았다. 셔터를 내린 제이스 바 안에는 여러 해 동안 그가 추구해온 광채의 작은 조각조차 보이지 않았다. 모든 것이 퇴색하고, 모든 것이 지칠 대로 지쳐 있는 것 같았다.

"콜라 좀 갖다주겠어?" J가 말했다. "자네는 맥주를 마시면 되겠군."

쥐는 냉장고에서 맥주와 콜라를 꺼내 잔과 함께 테이블로 가져왔다.

"음악은?"

"아뇨, 오늘은 조용히 있고 싶어요."

"무슨 장례식 같군."

쥐는 웃었다. 두 사람은 아무 말도 하지 않고 콜라와 맥주를 마셨다. 테이블에 올려놓은 쥐의 팔목에 있는 손목시계가 어색할 정도로 커다란 소리를 내기 시작했다. 열두 시 삼십오 분, 아주 긴 시간이 흘러가버린 듯했다. J는 거의 움직이지 않았다. 쥐는 J의 담배가 유리 재떨이 속에서 재가 되어 다 타버릴 때까지 꼼짝 않고 바라봤다.

"왜 그렇게 지쳤어요?"

"글쎄." J는 그렇게 말하고 나서 문득 생각난 듯이 다리를 반대로 포갰다. "이유 같은 건 아무것도 없을 거야."

쥐는 잔에 절반쯤 남아 있던 맥주를 마시고 한숨을 쉰 후 잔을 다시 테이블에 내려놓았다.

"J, 인간은 모두 썩어가는 거예요. 그렇죠?"

"그렇겠지."

"썩는 데는 여러 가지 형태가 있겠죠. 그렇지만 사람마다 각자 선택할 수 있는 방법은 극히 한정되어 있는 것 같아요. 기껏해야… 두세 가지 정도."

쥐는 무의식적으로 손등을 입술에 갖다 댔다.

"그럴지도 모르지."

거품이 다 빠진 맥주는 웅덩이처럼 잔 밑바닥에 고여 있었다. 쥐는 주머니에서 납작해진 담뱃갑을 꺼내 마지막 한 개비를 입에 물었다.

"하지만 그런 건 아무래도 좋다는 생각이 들어요. 어차피 썩는 거 아니냔 생각이죠."

J는 콜라 잔을 기울인 채 잠자코 쥐의 이야기를 듣고 있었다.

"그래도 사람은 계속 변해요. 하지만 그 변화에 어떤 의미가 있는지 난 몰랐어요."

쥐는 테이블을 바라보면서 입술을 깨물고 생각에 잠겼다.

"그리고 이렇게 생각했어요. 어떤 진보도, 또 어떤 변화도 결국은 붕괴하는 과정에 불과하다고요. 내 생각이 틀린 걸까요?"

"아니, 맞는 말이겠지."

"그래서 난, 그런 식으로 신이 나서 무無를 향해 가려는 인간들에게 일말의 애정도, 호의도 가질 수가 없어요. …이 고장에도 말이죠."

J는 잠자코 있었다. 쥐도 침묵했다. 그는 테이블 위의 성냥을 집어 들고 천천히 그어 담배에 불을 붙였다.

"문제는 너 자신이 변하려 하고 있다는 거야, 안 그래?"

"맞아요."

무서우리만큼 조용한 몇 초가 흘렀다. 10초쯤 지났을 것이다. J가 입을 열었다.

"인간이라는 건 말이야, 놀랄 만큼 재주가 없어. 자네가 생각하고 있는 것보다도 훨씬 더."

쥐는 병에 남아 있던 맥주를 잔에 따라서 단숨에 들이켰다.

"망설이고 있어요."

J는 여러 번 고개를 끄덕였다.

"결정을 못 내리겠어요."

"그런 것 같았어."

J는 그렇게 말하고, 이야기에 지친 듯 미소를 지었다.

쥐는 천천히 몸을 일으키고 담배와 라이터를 주머니에 집어넣었다. 벌써 한 시가 지나 있었다.

"그럼 쉬세요."

"잘 가. 누군가가 말했지. 천천히 걸어라, 그리고 물을 충분히 마셔라,라고."

쥐는 J에게 웃어 보이고, 문을 열고 나와 계단을 올라갔다. 가로등이 인적 없는 거리를 밝게 비추고 있었다. 쥐는 가드레일에 걸터앉아 하늘을 올려다봤다. 그리고 도대체 얼마나 물을 마셔야 배가 차는 걸까 생각했다.

20

스페인어 강사가 전화를 걸어온 것은 11월의 연휴가 막
끝난 수요일이었다. 점심시간 전에 친구가 은행에 간 뒤,
나는 사무실의 주방 겸 식당에서 여직원이 만들어준 스
파게티를 먹고 있던 참이었다. 스파게티는 2분 정도 더
오래 삶아졌고, 바질 대신 잘게 썬 차조기가 뿌려져 있었
지만 맛은 그런대로 괜찮았다. 우리가 스파게티 만드는
법에 대해 토론하고 있을 때 전화벨이 울렸다. 여직원이
전화를 받아 두세 마디 이야기를 나눈 다음, 어깨를 움츠
리며 수화기를 내게 넘겨줬다.

"스페이스십 말인데요." 그가 말했다. "행방을 알아냈
습니다."

"어디 있습니까?"

"전화로는 말하기가 어려운데요."

그가 대답한 후에 서로 한참 동안 말이 없었다.

"그게 무슨 말이죠?"

"전화로는 설명하기 곤란하단 말입니다."

"실제로 보는 게 좋겠다는 말이군요."

"그게 아니라," 그가 우물거렸다. "눈앞에서 직접 본다고 해도 설명하기가 어렵다는 얘깁니다."

대답할 말이 잘 생각나지 않아서 나는 그가 말을 계속하기를 기다렸다.

"공연히 과장하는 것도 아니고 놀리는 것도 아닙니다. 어쨌든 만나고 싶습니다."

"알겠습니다."

"오늘 다섯 시 어떻습니까?"

"좋습니다. 그런데 게임은 할 수 있을까요?"

"물론입니다." 그가 대답했다.

나는 고맙다는 인사를 하고 전화를 끊었다. 그리고 남은 스파게티를 먹기 시작했다.

"어디 가세요?"

"핀볼 하러 가. 어디로 갈지는 모르지만."

"핀볼이요?"

"그래, 플리퍼로 볼을 튕기는…."

"알아요. 그런데 왜 핀볼 같은 걸…."

"글쎄, 이 세상에는 우리의 철학으로는 이해할 수 없는 게 잔뜩 있지."

그녀는 테이블에 턱을 괴고 생각에 잠겼다.

"핀볼 잘해요?"

"전에는 잘했지. 내가 자신감을 가질 수 있는 유일한 분야였거든."

"나한테는 그런 게 아무것도 없어요."

"잃어버릴 것이 없어서 좋겠군."

그녀가 다시 골똘히 생각하는 동안 나는 남은 스파게티를 마저 먹었다. 그리고 냉장고에서 진저에일을 꺼내 마셨다.

"언젠가는 잃어버릴 것에 대단한 의미는 없어. 잃어버려야 하는 영광은 참다운 영광이 아니라니까."

"누가 한 말이에요?"

"누구 말인지는 잊어버렸어. 하지만 맞는 말 같아."

"이 세상에 잃지 않는 것도 있나요?"

"있다고 믿어. 너도 믿는 편이 좋을 거야."

"노력해보죠."

"난 어쩌면 지나치게 낙관적일지 모르지만, 그렇다고 바보는 아니야."

"알아요."

"자랑은 아니지만 그 반대보다는 훨씬 좋다고 생각해."

그녀는 고개를 끄덕였다.

"그래서 오늘 밤에는 핀볼을 하러 가는 건가요?"

"그래."

"두 팔을 좀 들어보세요."

나는 천장을 향해 두 팔을 들었다. 그녀는 내 스웨터의 겨드랑이를 꼼꼼히 점검했다.

"좋아요, 다녀오세요."

*

나와 스페인어 강사는 처음 만났던 찻집에서 만나 곧장 택시를 잡아탔다. 메이지 길을 직진하라고 그는 말했다. 택시가 달리기 시작하자 그는 담배를 꺼내 불을 붙이고, 내게도 한 개비 권했다. 그는 회색 양복에 사선이 세 개 그어진 푸른색 넥타이를 매고 있었다. 셔츠도 푸른색이었는데, 넥타이보다는 조금 연한 푸른색이었다. 나는 회색 스웨터에 청바지, 그리고 낡아서 거무스름해진 부츠 차림이었다. 마치 교수실에 불려 간 성적 나쁜 학생 같은 느낌이 들었다.

와세다 길을 가로지르는 곳에서 운전사가 계속 직진하

냐고 물었다. 그는 메지로 길로 가라고 말했다. 택시는 잠시 후에 메지로 길로 들어섰다.

"꽤 먼 곳인가요?"

"꽤 먼 곳입니다."

그는 그렇게 대답하고 두 개비째 담배를 찾았다. 나는 차창 밖으로 스쳐 지나가는 상점가의 풍경을 잠깐 눈으로 좇았다.

"찾는 데 애를 먹었습니다. 처음에는 마니아 명부에 나와 있는 사람 한 명 한 명 연락해봤죠. 스무 명가량 되는데 도쿄뿐만 아니라 전국에 퍼져 있더군요. 하지만 소득은 전혀 없었어요. 우리가 알고 있는 사실 이상의 것은 아무도 모르더군요. 다음에는 중고 기계를 취급하는 업자를 조사해봤어요. 많지는 않았지만, 거래했던 기계 목록을 조사하게 하느라 힘들었습니다. 워낙 방대한 숫자라서요."

나는 고개를 끄덕이며 그가 담배에 불붙이는 모습을 바라봤다.

"그렇지만 시기를 알았던 것이 큰 도움이 됐습니다. 1971년 2월경이었으니까요. 조사를 부탁한 결과, 길버트 앤드 선스 사 제품, 스페이스십, 일련번호 165029라는 기록이 있었습니다. 그런데 1971년 2월 3일에 폐기 처분됐

더군요."

"폐기 처분요?"

"고철 말입니다. 「007 골드 핑거」에 나왔던 것과 비슷한 겁니다. 사각형으로 찌부러뜨려서 재생하거나 항만에 묻거나 하는 거죠."

"하지만 당신은….'

"좀 들어보세요. 난 단념하고 업자에게 고맙다는 인사를 하고서 집으로 돌아왔어요. 그런데 뭔가 자꾸 마음에 걸리는 겁니다. 육감 비슷한 거죠. 아니다, 그렇지 않다, 라고 말입니다. 다음 날 다시 업자를 찾아갔어요. 그리고 그 고철상까지 찾아가 고철로 만드는 작업을 30분 정도 구경하고 나서 사무실로 들어가 명함을 내놓았습니다. 대학 강사라는 명함은 실체를 모르는 사람들에겐 어느 정도 효과가 있더군요."

그는 전에 만났을 때보다 약간 말이 빨랐다. 왜 그런지 모르겠지만 그것이 나를 조금 불안하게 만들었다.

"난 이렇게 말했죠. 책을 한 권 쓰고 있는데 그 관계로 해체 작업에 대해 알고 싶다고 말입니다. 그러니까 도와주더군요. 그렇지만 1971년 2월의 핀볼 머신에 대해서는 아무것도 모르고 있었습니다. 당연하죠. 2년 반이나 지난 일이고, 일일이 조사를 하는 것도 아니니까요. 모조리 긁어모아 쾅 하고 눌러버리면 그것으로 끝입니다. 난 또 한 가지를 물어봤습니다. 만일 그곳에 있는 뭔가를, 예를 들어 세탁기라든가 오토바이 부품 같은 걸 내가 갖고 싶을 때 그에 상응하는 돈을 지불하고 가져갈 수 있냐고 말입니다. 물론이라고 대답하더군요. 그래서 그런 경우가 종종 있냐고 물어봤죠."

가을의 황혼은 금세 끝나고 어둠이 도로를 뒤덮기 시작했다. 차는 교외로 접어들고 있었다.

"더 자세한 것을 알고 싶으면 2층의 관리 담당자에게 물어보라고 하더군요. 물론 난 2층에 올라가서 담당자에게 물어봤죠. 1971년경에 핀볼 머신을 인수해 간 사람이 있냐고요. 그는 있다고 대답했어요. 어떤 사람이냐고 물으니, 전화번호를 가르쳐주더군요. 핀볼 머신이 들어올 때마다 전화를 걸어달라는 부탁을 받았던 모양입니다. 돈을 받고 말이죠. 그래서 난 그 사람이 핀볼 머신을 몇 대나 인수해 갔냐고 다시 물었습니다. 그는 글쎄요, 하고 대답하더니 한참 바라보고 나서 사가는 경우도 있고, 그냥 가는 경우도 있어서 잘 모르겠다고 하더군요. 정확하지 않아도 되니까 대충 알려달라고 하자 가르쳐줬습니다. 쉰 대는 될 거라고 말이죠."

"쉰 대나요!"

"그래서 지금 그 사람을 만나러 가는 길입니다."

 주위는 완전히 암흑으로 변해 있었다. 그것도 단색의 어둠이 아니라 여러 색의 물감을 버터처럼 두껍게 바른 암흑이었다.

 나는 택시의 차창에 얼굴을 갖다 댄 채 그런 암흑을 계속 바라보고 있었다. 어둠은 이상하게도 평면적이었다. 실체가 없는 물질을 예리한 칼로 잘라낸 단면처럼 보이기도 했다. 기묘한 원근감이 어둠을 지배하고 있었다. 거대한 밤의 새가 날개를 펴고 내 눈앞을 가로막았다.

 앞으로 계속 나아갈수록 인가가 드물어져서 마침내는 수만 마리나 되는 벌레의 울음소리가 땅울림처럼 들려오는 초원과 숲만 남게 되었다. 구름은 바위처럼 낮게 드리워져 있고 지상의 모든 것은 마치 목을 움츠린 듯이 어둠 속에서 침묵하고 있었다. 오직 벌레들만이 땅 위를 뒤덮고 있었다.

 나와 스페인어 강사는 더 이상 한마디도 이야기를 나누지 않고 교대로 담배만 피워댔다. 택시 운전사도 도로의

헤드라이트 빛을 노려보면서 담배를 피웠다. 나는 무의식적으로 손끝으로 무릎을 톡톡 쳤다. 그리고 가끔 택시 문을 열고 도망쳐버리고 싶은 충동에 사로잡혔다.

배전반, 모래밭, 저수지, 골프 코스, 겨드랑이가 터진 스웨터, 그리고 핀볼… 어디까지 가면 될까 하는 생각이 들었다. 나는 뒤죽박죽으로 섞여 있는 카드를 끌어안은 채 어찌할 바를 모르고 있었다. 집으로 돌아가고 싶어 견딜 수가 없었다. 한시라도 빨리 목욕하고, 맥주를 마시고, 담배와 칸트의 책을 들고, 침대에 눕고 싶었다.

왜 나는 어둠 속을 계속 달리고 있는 걸까? 50대의 핀볼 머신, 그것은 너무나도 바보 같은 일이다. 꿈이다. 그것도 실체가 없는 꿈이다.

그래도 3 플리퍼 스페이스십은 여전히 나를 부르고 있었다.

*

스페인어 강사는 도로에서 500미터 정도 떨어진 공터 한가운데서 택시를 세웠다. 공터는 평평했고 복사뼈까지 닿을 정도로 자란 부드러운 풀이 얕은 여울처럼 펼쳐져 있었다. 나는 택시에서 내려 등을 펴고 심호흡을 했다. 양계장 냄새가 났다. 공터를 아무리 둘러봐도 불빛은 보이지 않았다. 도로의 가로등 때문에 주위 풍경이 어슴푸레하게 보였다. 무수한 벌레들이 우리를 에워싸고 있었다. 마치 발밑에서부터 어딘가로 끌려 들어갈 것만 같은 느낌이었다.

우리는 잠시 동안 침묵하며 어둠에 눈을 길들였다.

"여기도 도쿄인가요?"

"물론이죠. 아닌 것 같습니까?"

"세계의 끝 같군요."

스페인어 강사는 그렇게 생각할 만도 하다는 표정으로 고개를 끄덕이고는 아무 말도 하지 않았다. 우리는 풀 냄새와 닭똥 냄새를 맡으면서 담배를 피웠다. 연기는 봉화와 같은 모양으로 낮게 흘렀다.

"저곳에 철조망이 있어요."

그는 사격 연습이라도 하듯이 팔을 똑바로 뻗어 어둠 속 깊숙한 곳을 가리켰다. 나는 눈을 크게 뜨고 철조망이 있는 것을 확인했다.

"철조망을 따라서 곧장 300미터 정도 걸어가면 막다른 곳에 창고가 있습니다."

"창고요?"

그는 내 쪽은 보지도 않고 고개를 끄덕였다.

"네. 넓은 창고니까 금방 알 수 있을 겁니다. 전에는 양계장의 냉동 창고였다는데, 지금은 사용하지 않고 있어요. 양계장이 망했거든요."

"그래도 닭 냄새가 나는데요."

"냄새…? 아, 땅에 배어 있어서 그래요. 비 오는 날에는 더 지독하죠. 날갯짓 소리까지 들리는 것 같다니까요."

철조망 안쪽은 전혀 보이지 않았다. 겁이 날 정도로 어두웠다. 벌레 소리까지 가슴을 답답하게 했다.

"창고 문은 열려 있어요. 창고 주인이 우리를 위해 열어놨거든요. 당신이 찾고 있는 기계는 그 안에 있습니다."

"당신은 안에 들어가봤나요?"

"딱 한 번 들어가봤죠."

그는 담배를 입에 문 채 고개를 끄덕였다. 오렌지색 담뱃불이 어둠 속에서 흔들렸다.

"문을 열면 바로 오른쪽에 전등 스위치가 있습니다. 계단을 조심하세요."

"같이 들어가지 않을 겁니까?"

"혼자 가세요. 그러기로 약속했어요."

"약속이라뇨?"

그는 발밑의 풀 사이에 담배를 버리고 조심스레 밟아서 껐다.

"그래요. 있고 싶을 때까지 있어도 좋다고 했어요. 돌아갈 때는 불을 끄고 가세요."

공기가 조금씩 차가워졌다. 땅이 지닌 냉기가 우리 주위에 가득 차 있었다.

"주인은 만나봤습니까?"

"만났죠." 그는 잠시 사이를 두었다가 대답했다.

"어떤 사람이죠?"

강사는 어깨를 으쓱하더니 주머니에서 손수건을 꺼내 코를 풀었다.

"별 특징이 없는 인물이더군요. 적어도 눈에 띄는 특징 같은 건 없었어요."

"왜 핀볼 머신을 쉰 대나 수집했을까요?"

"글쎄요, 세상에는 별의별 사람들이 다 있게 마련이니까요. 그뿐이죠."

그뿐이라고는 생각되지 않았다. 하지만 나는 강사에게 고맙다는 말을 하고 혼자 양계장의 철조망을 따라서 걸어갔다. 그뿐만은 아닐 것이다. 핀볼 머신을 쉰 대나 수집

하는 건 포도주의 라벨을 쉰 장 수집하는 것과는 사정이 다르다.

창고는 웅크리고 앉아 있는 동물처럼 보였다. 주위에 키가 큰 풀이 빽빽하게 자라 있고, 깎아지른 듯이 우뚝 서 있는 회색 벽에는 창문 하나 없었다. 음침한 건물이었다. 양쪽으로 여는 철문 위에는 양계장 이름인 듯한 글씨가 흰 페인트로 굵직하게 쓰여 있었다.

열 걸음가량 떨어진 곳에서 잠시 건물을 올려다봤다. 아무리 생각해봐도 묘안이 떠오르지 않았다. 나는 단념하고 입구까지 걸어가서 얼음처럼 차가운 철문을 밀었다.

문은 소리도 없이 열렸고, 내 앞에 전혀 다른 종류의 어둠이 펼쳐졌다.

　암흑 속에서 벽에 붙어 있는 스위치를 누르자, 몇 초 후
천장의 형광등이 깜박거리며 커지고 하얀빛이 창고 안에
넘쳐흘렀다. 형광등은 전부 백 개는 될 것 같았다. 창고는
밖에서 봤을 때보다 훨씬 넓었지만, 그래도 그 빛의 양은
엄청났다. 나는 그 현란함에 눈을 감았다. 한참 뒤에 눈을
떴을 때, 어둠은 사라지고 침묵과 싸늘함만이 남아 있었다.
　창고는 거대한 냉장고의 내부처럼 보였는데, 건물의 본
래 목적을 생각하면 당연한 일이라고도 할 수 있었다. 창
문 하나 없는 벽과 천장은 윤기 나는 흰색 페인트로 칠해
져 있었지만, 전체가 노란색이나 검은색, 그 밖의 원인을
알 수 없는 색깔로 얼룩져 있었다. 벽이 굉장히 두껍다는
걸 첫눈에 알 수 있었다. 나는 마치 납 상자 안에 처넣어
진 것 같은 느낌이 들었다. 영원히 이곳에서 나갈 수 없는
게 아닐까 하는 공포에 사로잡혀 몇 번이나 뒤쪽 철문을
돌아봤다. 이렇게 기분 나쁜 느낌을 주는 건물은 다시없
을 것이다.

아주 호의적으로 본다면 창고는 코끼리 무덤 같기도 했다. 다리를 구부린 코끼리의 백골 대신, 핀볼 머신이 콘크리트 바닥에 시야의 끝까지 즐비하게 늘어서 있었다. 나는 계단 위에 서서 그 이상한 광경을 꼼짝 않고 내려다봤다. 손이 무의식적으로 입 가장자리를 더듬다가 다시 주머니로 돌아왔다.

엄청나게 많은 핀볼 머신이 있었다. 정확하게 78대였다. 나는 시간을 들여 몇 번이나 핀볼 머신을 세어봤다. 78대, 틀림없었다. 기계는 같은 방향으로 8열 종대를 이뤄 창고의 건너편 끝까지 늘어서 있었다. 마치 백묵으로 바닥에 선을 긋고 배열해놓은 것처럼 그 줄에는 1센티미터의 오차도 없었다. 아크릴 수지 속에서 굳어버린 파리처럼 주위의 모든 것은 정지해 있었다. 무엇 하나 꼼짝하지 않았다. 78대의 죽음과 78대의 침묵. 나는 반사적으로 몸을 움직였다. 그렇게라도 하지 않으면 나까지 가고일 괴물 석상 무리에 들어가버릴 것 같은 느낌이 들었기 때문이다.

춥다. 그리고 여기서도 죽은 닭 냄새가 난다.

나는 천천히 좁은 콘크리트 계단을 다섯 단 정도 내려갔다. 계단 밑은 더 추운데도 땀이 났다. 기분 나쁜 땀이다. 나는 주머니에서 손수건을 꺼내 땀을 닦았다. 하지만 겨드랑이 밑에 고인 땀만은 어쩔 수가 없었다. 나는 맨 아래 계단에 걸터앉아서 떨리는 손으로 담배를 피웠다. …3 플리퍼 스페이스십. 이런 식으로 그녀와 만나고 싶지는 않았다. 그녀도 아마 마찬가지일 것이다.

문을 닫아버린 뒤에는 벌레 소리조차 들리지 않았다. 완벽한 침묵이 무거운 안개처럼 바닥에 고여 있었다. 78대의 핀볼 머신은 312개의 다리를 단단히 바닥에 박고, 그 갈 곳 없는 무게를 견뎌내고 있었다. 애처로운 광경이었다.

나는 계단에 걸터앉은 채 「점핑 위드 심포니 시드」의 처음 네 소절을 휘파람으로 불어봤다. 스탠 게츠가 머리를 흔들고 발을 구르는 리듬 섹션…. 걸리적거릴 것 하나 없는 휑뎅그렁한 냉동 창고에 휘파람은 굉장히 아름답게 울려 퍼졌다. 나는 기분이 조금 나아져서 다음 네 소절을 계속 불었다. 그리고 다시 네 소절. 모든 사물이 귀를 기울이고 있는 것 같았다. 물론 아무도 고개를 흔들지 않았고, 아무도 발을 구르지 않았다. 그래도 내 휘파람 소리는 창고의 구석구석으로 빨려 들어가듯이 사라져갔다.

한바탕 휘파람을 불고 나서 "굉장히 춥군" 하고 중얼거렸다. 메아리쳐 되돌아오는 목소리는 전혀 내 목소리 같지 않았다. 그것은 천장에 부딪혔다가 안개처럼 밑으로 내려왔다. 나는 담배를 입에 문 채 한숨을 쉬었다. 언제까지나 여기에 앉아서 원맨쇼를 계속할 수는 없는 노릇이었다. 가만히 앉아 있으면 닭 냄새와 함께 냉기가 뼛속까지 스며들 것만 같았다. 나는 일어나서 바지에 묻은 차가운 흙을 손으로 털어내고 담배를 구두로 비벼 끈 후 옆에 있는 양철통에 던져 넣었다.

핀볼… 핀볼이다. 그때문에 여기까지 온 것 아닌가? 추위가 두뇌 회전까지 멈추게 할 것만 같았다. 생각을 해라, 핀볼이다. 78대의 핀볼 머신. …그래, 스위치를 찾자. 이 건물의 어딘가에 78대의 핀볼 머신을 되살아나게 할 전원 스위치가 있을 것이다. …스위치를 찾자.

나는 두 손을 청바지 주머니에 넣은 채 건물 벽을 따라 천천히 걸어갔다. 밋밋한 콘크리트 벽에는 냉동 창고로 사용되던 때의 흔적인 배선이나 파이프가 잘린 채로 군데군데 매달려 있었다. 여러 가지 기계와 미터기, 접합 상자, 스위치 뒤에는, 마치 거대한 힘에 의해 억지로 뜯긴 것처럼 구멍이 뻥 뚫려 있었다. 벽은 멀리서 볼 때보다 훨씬 미끌거렸다. 거대한 민달팽이가 기어간 뒤 같았다. 실제로 걸어보니까 건물은 무척 넓었다. 양계장의 냉동 창고치고는 이상할 정도로 넓었다.

내가 내려온 계단의 바로 맞은편에 똑같은 계단이 있었다. 그리고 계단을 올라간 곳에는 똑같은 철문이 있었다. 한 바퀴 돈 것 같은 착각을 일으킬 정도로 모든 것이 똑같았다. 시험 삼아 손으로 밀어봤지만 문은 꿈쩍도 하지 않았다. 빗장도 자물쇠도 걸리지 않았지만, 마치 무엇인가로 봉해버린 것처럼 문은 미동조차 하지 않았다. 나는 문에서 손을 떼고 무의식적으로 얼굴의 땀을 닦았다. 닭 냄새가 났다.

스위치는 그 문 옆에 있었다. 커다란 레버식 스위치였다. 스위치를 켜자, 땅속에서부터 솟구쳐 오르는 듯한 낮은 굉음이 일제히 주위를 뒤덮었다. 등줄기가 서늘해지는 소리였다. 그리고 계속해서 수만 마리의 새 떼가 날개를 펼치는 것 같은 푸드덕 소리가 이어졌다. 나는 고개를 돌려 냉동 창고를 바라봤다. 그것은 78대의 핀볼 머신이 전기를 빨아들이고, 점수판에 수천 개의 0을 튕겨내는 소리였다. 소리가 멎자 그후에는 벌 떼처럼 붕 하는 둔탁한 기계음만이 남았다. 그리고 창고는 78대나 되는 핀볼 머신의 한순간의 삶으로 충만해졌다. 한 대, 한 대가 필드에 다양한 원색의 빛을 점멸시키고, 보드에 각각의 꿈을 한껏 그려내고 있었다.

나는 계단을 내려가 마치 군대를 검열이라도 하는 양 78대의 핀볼 머신 사이를 천천히 걸어갔다. 몇 대는 사진으로만 본 적이 있는 가장 오래된 모델이었고, 몇 대는 오락실에서 본 적이 있는 낯익은 모델이었다. 그리고 아무에게도 기억되지 않고 시간의 흐름 속으로 사라져버린 기계도 있었다. 윌리엄스 사의 프렌드십 7. 보드에 그려진 우주비행사의 이름이 뭐였더라? 글렌…? 1960년대 초의 것이다. 밸리 사의 그랜드 투어. 푸른 하늘, 에펠탑, 해피 아메리칸 트래블러…. 고트리브 사의 킹스 앤드 퀸스. 롤 오버 레인이 여덟 개나 있는 모델이었다. 콧수염을 깨끗이 깎은 무관심한 얼굴의 서부 도박사, 양말 속에 숨긴 스페이드 에이스 카드….

슈퍼히어로, 괴수, 여대생, 미식축구, 로켓 그리고 여자… 모두가 어두운 오락실 안에서 색깔이 바래고 완전히 썩어버린 흔해 빠진 꿈이었다. 많은 히어로와 여자들이 보드 위에서 내게 미소를 보내고 있었다. 금발, 은빛이 감도는 금발, 잿빛 머리, 빨간 머리, 검은 머리의 멕시코 아가씨, 뒤로 묶은 머리, 허리까지 머리카락을 늘어뜨린 하와이 여자, 앤 마그릿, 오드리 헵번, 마릴린 먼로… 모두 다 멋진 가슴을 자랑스러운 듯이 앞으로 내밀고 있었다. 어떤 여자는 허리까지 단추를 푼 얇은 블라우스 속에서, 어떤 여자는 원피스 수영복 속에서, 어떤 여자는 끝이 뾰족한 브래지어 속에서… 그녀들은 영원히 가슴 모양을 유지한 채 퇴색해 있었다. 그리고 심장의 고동 소리에 맞추듯이 램프를 계속 점멸시키고 있었다. 78대의 핀볼 머신, 그것은 오래된, 기억도 할 수 없을 정도로 오래된 꿈의 무덤이었다. 나는 그녀들 옆을 천천히 빠져나갔다.

3 플리퍼 스페이스십은 훨씬 뒤쪽 줄에서 나를 기다리고 있었다. 그녀는 화려하게 치장한 동료들 사이에 끼어 매우 얌전하게 보였다. 숲속 평평한 돌에 앉아서 나를 기다리고 있었던 것 같았다. 나는 그녀 앞에 서서 그 낯익은 보드를 바라봤다. 짙은 푸른색의 우주, 잉크를 쏟은 것 같은 푸른색이었다. 그리고 작은 흰 별, 토성, 화성, 금성… 앞쪽에는 순백의 우주선이 떠 있었다. 우주선 창에는 불이 켜져 있고, 그 안에서는 마치 가족이 단란한 한때를 보내고 있는 것처럼도 보였다. 어둠 속에서 유성이 몇 줄기 선을 그리며 흘렀다.

필드도 옛날 그대로였다. 똑같은 짙은 파란색. 타깃은 미소 지을 때 살짝 보이는 이처럼 새하얬다. 별 모양으로 쌓인 레몬색의 보너스 라이트 열 개가 천천히 빛을 위아래로 이동시키고 있었다. 두 개의 킥 아웃 홀은 토성과 화성, 로트 타깃은 금성…. 모든 것이 고요함으로 가득 차 있었다.

안녕, 하고 나는 말했다. …아니, 말하지 않았는지도 모른다. 어쨌든 나는 그녀의 필드 유리판에 손을 얹었다. 유리는 얼음처럼 싸늘했고, 내 손의 온기는 하얗게 김이 서린 열 개의 손가락 자국을 그곳에 남겼다. 그녀는 가까스로 잠에서 깨어난 것처럼 내게 미소 지었다. 정겨운 미소였다. 나도 미소 지었다.

무척 오랫동안 만나지 못한 것 같은 느낌이 들어, 하고 그녀가 말했다. 나는 생각하는 척하며 손가락을 꼽았다. 3년쯤 된 것 같아. 눈 깜짝할 사이지.

우리는 서로에게 고개를 끄덕여 보이고 잠시 침묵했다. 찻집이라면 커피를 마시거나 레이스 커튼을 손가락으로 만지작거렸을 것이다.

네 생각을 자주 해, 하고 나는 말했다. 무척이나 비참한 기분이 되었다.

잠 못 이루는 밤에?

그래, 잠 못 이루는 밤에, 하고 나는 되풀이했다. 그녀는 줄곧 미소 짓고 있었다.

춥지 않아? 하고 그녀가 물었다.

춥지. 굉장히 추워.

너무 오래 있지 않는 게 좋아. 당신이 견디기엔 너무나 추운 곳이야.

그럴지도 모르겠군, 하고 나는 대답했다. 그리고 가늘게 떨리는 손으로 담배를 꺼내 불을 붙이고 연기를 빨아들였다.

게임은 안 해? 하고 그녀가 물었다.

안 할 거야, 하고 나는 대답했다.

왜?

165000이 내 최고 기록이었지. 기억해?

기억하지. 내 최고 기록이기도 했으니까.

그 기록을 깨고 싶지 않아, 하고 나는 말했다.

그녀는 입을 다물었다. 열 개의 보너스 라이트만이 천천히 위아래로 점멸하고 있었다. 나는 발밑을 내려다보면서 담배를 피웠다.

왜 왔어?

네가 불렀으니까.

불러? 그녀는 잠시 머뭇거리다가 수줍은 듯이 살짝 웃

었다. 그래, 그럴지도 몰라. 불렀는지도 모르겠어.

많이 찾았어.

고마워, 하고 그녀는 말했다. 뭐든 이야기 좀 해.

많은 것이 완전히 변해버렸어. 네가 있던 오락실 자리에는 심야 영업을 하는 도넛 가게가 생겼는데, 그 집 커피는 아주 맛이 없어.

그렇게 맛이 없어?

옛날에 디즈니의 동물 영화에서 죽어가던 얼룩말이 꼭그런 색깔의 흙탕물을 마셨지.

그녀는 킥킥거리며 웃었다. 웃는 얼굴이 예뻤다. 하지만 나한텐 지겨운 곳이었어. 모든 게 조잡하고 더럽고… 그녀는 진지한 얼굴로 말했다.

그런 시절이었지.

그녀는 여러 번 고개를 끄덕였다. 당신은 지금 무슨 일을 해?

번역 일을 하고 있어.

소설?

아니, 하고 나는 대답했다. 일상의 거품 같은 것들뿐이야. 이쪽의 시궁창 물을 다른 시궁창으로 옮기는 것뿐이지.

재미없어?

글쎄, 생각해본 적도 없는걸.

여자 친구는?

믿지 않을지도 모르지만, 지금은 쌍둥이와 함께 살고 있어. 커피 하나는 끝내주게 끓이지.

그녀는 빙긋이 미소 지은 채 잠시 허공에 눈길을 줬다.

왠지 이상해. 모든 게 실제로 일어난 일 같지가 않아.

아니, 정말로 일어난 일이야. 다만 사라져버렸을 뿐이지.

괴로워?

아니, 하고 나는 고개를 저었다. 무에서 생겨난 것이 본래의 자리로 돌아간 것뿐인데 뭐.

우리는 다시 입을 다물었다. 우리가 공유하고 있는 건 아주 오래전에 죽어버린 시간의 단편에 지나지 않았다. 그래도 얼마 안 되는 그 따스한 추억은 낡은 빛처럼 내 마음속을 지금도 여전히 방황하고 있다. 그리고 죽음이 나를 사로잡아서 다시금 무의 도가니에 던져 넣을 때까지의 짧은 한때를 나는 그 빛과 함께 걸어갈 것이다.

이제 그만 가보는 게 좋겠어, 하고 그녀는 말했다.

실제로 더 이상 견디기 힘들 정도로 추웠다. 나는 몸을 부르르 떨며 담배를 밟아 껐다.

만나러 와줘서 고마워. 이제 다시는 만날 수 없을지도

모르지만 잘 지내, 하고 그녀는 말했다.

고마워. 안녕, 잘 있어, 하고 나도 말했다.

나는 핀볼 머신들이 줄지어 늘어서 있는 곳을 빠져나와서 계단을 올라가 레버 스위치를 내렸다. 마치 공기가 빠져나가듯이 핀볼의 불이 꺼지고, 완전한 침묵과 잠이 주위를 뒤덮었다. 다시 창고를 가로질러 계단을 올라가 전등 스위치를 끄고 문을 닫을 때까지의 긴 시간 동안 나는 뒤를 돌아보지 않았다. 한 번도 뒤돌아보지 않았다.

*

택시를 잡아타고 아파트에 돌아온 것은 밤 열두 시가 거의 다 돼서였다. 쌍둥이는 침대 위에서 주간지의 낱말 맞추기를 완성해가는 중이었다. 내 얼굴은 몹시 창백했고 온몸에서는 냉동 닭 냄새가 났다. 입은 옷을 몽땅 세탁기에 던져 넣고 뜨거운 물에 몸을 담갔다. 보통 사람의 의식으로 돌아오기 위해 30분가량 뜨거운 물에 들어가 있었지만, 그래도 몸속까지 스민 냉기는 사라지지 않았다.

쌍둥이는 벽장에서 가스스토브를 꺼내 불을 붙여줬다. 15분쯤 지나자 겨우 떨림이 멈췄고, 한숨 돌리고 나서 양파 수프 통조림을 데워 마셨다.

"이제야 좀 살 것 같군."

"정말 괜찮아?"

"아직도 차가운걸."

쌍둥이는 내 팔목을 잡으면서 걱정스러운 듯이 말했다.

"곧 따뜻해질 거야."

우리는 침대에서 낱말 맞추기의 마지막 두 개를 완성했
다. 하나는 무지개송어, 다른 하나는 산책로였다. 몸은 이
내 따뜻해졌고, 우리는 누가 먼저랄 것도 없이 깊은 잠에
빠졌다.

나는 트로츠키와 네 마리 순록의 꿈을 꾸었다. 네 마리
의 순록은 모두 털실로 짠 양말을 신고 있었다. 끔찍하게
도 추운 꿈이었다.

23

쥐는 더 이상 여자와 만나지 않았다. 그녀 방의 불빛을 바라보는 것도 그만두었다. 창가로 다가가는 것조차 그만두었다. 마치 촛불을 불어 끈 뒤에 피어오르는 한 줄기의 흰 연기처럼 그의 마음속 무엇인가가 잠시 어둠 속을 떠돌다가 사라졌다. 그러고 나서는 어두운 침묵이 찾아왔다. 침묵. 한 겹 한 겹 외피를 벗겨내고 나면 도대체 무엇이 남을지 쥐로서는 알 수가 없었다. 긍지? …그는 침대 위에서 몇 번이나 자신의 두 손을 바라봤다. 아마도 인간은 긍지 없이는 살아갈 수 없을 것이다. 하지만 그것만으로는 너무나도 어둡다. 너무 어둡다.

여자와 헤어지는 건 간단했다. 어느 금요일 밤에 여자에게 전화 거는 걸 그만두었다. 그뿐이다. 그녀는 깊은 밤까지 전화를 기다렸을지도 모른다. 그렇게 생각하니 마음이 아팠다. 쥐는 몇 번이나 전화기에 손이 가려는 걸 참았다. 헤드폰을 뒤집어쓰고 볼륨을 높인 채 계속 레코드를 들었다. 그녀가 전화를 걸지 않으리라는 걸 알고 있었지만, 그래도 벨 소리만은 듣고 싶지 않았다.

열두 시까지 기다리다가 그녀는 체념할 것이다. 세수하고 이를 닦고 침대에 누워서 내일 아침에는 전화가 꼭 걸려올 거라고 생각한다. 불을 끄고 잠든다. 토요일 아침에도 전화벨은 울리지 않는다. 그녀는 창문을 열고, 아침 식사를 준비하고, 화분에 물을 준다. 그리고 점심때가 지나도록 계속 기다리다가 이번에야말로 정말 단념할 것이다. 거울을 보고 빗질을 하면서 연습이라도 하듯이 몇 번 웃어본다. 그리고 결국은 이렇게 될 줄 알았다고 생각한다.

그만큼의 시간을, 쥐는 블라인드를 빈틈없이 내린 방 안에서 벽에 걸린 시계의 바늘을 보며 지냈다. 방 안의 공기는 전혀 움직이지 않았다. 선잠이 몇 차례 그의 몸을 스쳐 지나갔다. 시곗바늘은 이미 아무런 의미도 갖지 못했다. 어둠의 농담濃淡이 몇 번인가 되풀이되었을 뿐이다. 쥐는 자신의 육체가 조금씩 실체를 상실하고, 무게를 잃고, 감각을 상실해가는 걸 견뎌냈다. 몇 시간, 도대체 몇 시간을 이러고 있었을까, 하고 쥐는 생각했다. 눈앞의 흰 벽은 그 숨결에 맞춰서 천천히 흔들렸다. 공간이 어떤 밀도를 가지고 그의 육체를 침범하기 시작했다. 더 이상은 견딜 수 없을 것 같은 순간, 그는 일어나서 샤워하고 몽롱한 의식 속에서 수염을 깎았다. 몸의 물기를 닦고 냉장고에서 오렌지주스를 꺼내 마셨다. 새 파자마를 입고 침대로 올라가서 이제 끝났다고 생각했다. 그러자 깊은 잠이 찾아왔다. 아주 깊은 잠이었다.

24

"이 고장을 떠나기로 했어요."

저녁 여섯 시, 제이스 바가 막 문을 연 시간이었다. 카운터는 왁스 칠이 되어 있고, 가게 안의 재떨이에는 꽁초 하나 없었다. 깨끗하게 닦인 술병은 라벨이 바깥쪽을 향하도록 놓여 있고, 한 치의 오차도 없이 사각으로 접힌 새 종이 냅킨과 타바스코 소스와 소금 병은 조그만 쟁반에 가지런히 놓여 있었다. J는 세 종류의 드레싱을 각각 조그만 그릇 속에서 휘젓고 있었다. 마늘 냄새가 미세한 안개처럼 주위를 떠다녔다. 조금은 한가한 때였다.

쥐는 J에게서 빌린 손톱깎이로 손톱을 깎으면서 그렇게 말했다.

"떠나다니… 어디로 가는데?"

"특별히 정하진 않았어요. 모르는 곳으로 갈 작정이에요. 너무 크지 않은 곳이 좋을 것 같아요."

J는 깔때기를 사용해서 드레싱을 각각 커다란 유리병에 따랐다. 그리고 드레싱을 담은 세 개의 병을 냉장고에 넣

고 타월에 손을 닦았다.

"가서 뭘 할 건데?"

"일을 해야죠."

쥐는 왼손 손톱을 다 자른 후 몇 번이나 손가락을 쳐다
봤다.

"여기서는 안 되겠어?"

"안 돼요. …맥주가 마시고 싶어요."

"내가 한턱낼게."

"고마워요."

쥐는 얼음에 담가둬 차가워진 잔에 천천히 맥주를 따라
서 단숨에 절반 정도를 마셨다.

"여기서는 안 되는 이유가 뭐냐고 왜 묻지 않죠?"

"나도 그 심정을 알 것 같으니까."

쥐는 웃고 나서 혀를 찼다.

"J, 그러면 안 돼요. 그런 식으로 모두가 묻지도, 말하지
도 않으면서 서로를 이해해봤자 아무 해결도 없어요. 이
런 말은 하고 싶지 않지만… 난 너무 오랫동안 그런 세계
에 머물렀던 것 같아요."

"그럴지도 모르지."

J는 한참 생각하고 나서 그렇게 말했다.

쥐는 다시 맥주를 한 모금 마시고, 오른손 손톱을 깎기 시작했다.

"충분히 생각했어요. 어딜 가든 결국은 마찬가지일 거라는 생각도 했고요. 하지만 역시 난 떠날래요. 마찬가지라도 좋으니까."

"이제 다시는 돌아오지 않을 거야?"

"물론 언젠가는 돌아오겠죠. 언젠가는. 나쁜 짓 하고 도망치는 것도 아니니까."

쥐는 접시에 담긴 주름투성이 땅콩 껍질을 소리 내어 쪼갠 뒤 재떨이에 버렸다. 그리고 잘 닦인 카운터 위에 생긴 맥주의 차가운 이슬을 종이 냅킨으로 닦았다.

"언제 떠날 생각인데?"

"내일, 모레, 잘 모르겠어요. 아마 이삼 일 안에 떠날 거예요. 준비는 벌써 끝났거든요."

"꽤 성급한데."

"네… 여러 가지로 폐만 끼쳤어요."

"여러 가지 일들이 있었지."

J는 선반에 놓여 있는 잔을 마른 천으로 닦으면서 몇 번이나 고개를 끄덕였다.

"하지만 지나고 나니 모두 꿈만 같아."

"그럴지도 모르죠. 하지만 내가 정말로 그렇게 생각할 수 있게 되기까지는 무척 오랜 시간이 걸릴 것 같아요."

J는 조금 사이를 두었다가 웃었다.

"맞아. 때론 내가 너랑 20년이나 나이 차이가 난다는 사실을 잊어버리곤 해."

쥐는 남은 맥주를 잔에 따라 천천히 마셨다. 이렇게 천천히 맥주를 마시는 건 처음이었다.

"한 병 더 마시겠어?"

쥐는 고개를 저었다.

"아니, 됐어요. 여기서 마시는 맥주는 이게 마지막이라고 생각하면서 마셨어요."

"이제 다시는 안 오는 건가?"

"그럴 생각이에요. 마음이 아플 테니까요."

J는 웃었다.

"언젠가 다시 만나겠지."

"다음에 만나면 못 알아볼지도 몰라요."

"냄새만 맡아도 알 수 있어."

쥐는 깔끔해진 양손의 손가락을 다시 한번 찬찬히 살펴보고 남은 땅콩을 주머니에 집어넣은 다음, 종이 냅킨으로 입을 닦고 자리에서 일어났다.

*

　마치 어둠 속의 투명한 단층을 미끄러지듯이 바람은 소리도 없이 흘러갔다. 바람은 머리 위에 있는 나뭇가지를 살짝 흔들어, 나뭇잎들을 규칙적으로 땅 위에 떨어뜨렸다. 차 지붕에 떨어진 나뭇잎은 작고 메마른 소리를 내면서 한동안 지붕 위를 방황하다가 앞 유리창의 경사를 따라 펜더 위에 쌓였다.

　공원묘지의 숲속에서 쥐는 모든 언어를 잃어버린 채 혼자 앞 유리창 밖을 바라보고 있었다. 자동차의 몇 미터 앞에서 지면은 푹 꺼져 들어가 있었고, 그 앞쪽으로는 어두운 하늘과 바다와 거리의 야경이 펼쳐져 있었다. 쥐는 몸을 앞으로 숙이고 두 손을 운전대에 올려놓은 채 꼼짝 않고 하늘의 한 점을 뚫어질 듯이 응시했다. 손가락 끝에는 불을 붙이지 않은 담배가 끼워져 있었는데, 그 끝은 공중에 몇 개의 복잡하고 의미 없는 모양을 그렸다.

　J에게 이야기하고 나자 견딜 수 없을 정도의 허탈감이 쥐를 엄습했다. 겨우겨우 몸을 하나로 모으고 있던 여러 의식의 흐름이 갑자기 각자의 방향으로 나아가기 시작한 것 같기도 했다. 어디까지 가야 그 흐름들이 다시 하나로

합쳐질 수 있을지 쥐는 알 수가 없었다. 언젠가는 망망한 바다로 흘러 들어갈 수밖에 없는 어두운 강의 흐름이다. 두 번 다시 합쳐질 수 없을지도 모른다. 25년이라는 세월은 오로지 그것을 위해서만 존재한 것 같기도 했다. 왜 그럴까? 쥐는 자신에게 물어봤지만 알 수가 없었다. 좋은 질문이지만 답이 없다. 좋은 질문에는 언제나 답이 없다.

바람이 다시 조금 거세졌다. 그 바람은, 사람들의 다양한 삶에서 피어오르는 얼마 안 되는 온기를 어딘가 먼 세계로 실어 가버리고, 뒤에 남겨진 차가운 어둠 속에서 무수한 별들을 빛나게 했다. 쥐는 운전대에서 손을 떼고, 입술 사이로 잠깐 담배를 굴리다가, 생각난 듯이 라이터로 불을 붙였다.

머리가 조금 아팠다. 아프다기보다는 양쪽 관자놀이를 차가운 손가락으로 누르는 것 같은 기묘한 감촉이었다. 쥐는 머리를 흔들며 여러 가지 상념을 떨쳐버렸다. 아무튼 끝난 것이다.

그는 콘솔 박스에서 전국 도로 지도를 꺼내 천천히 페이지를 넘겼다. 그러면서 몇몇 고장의 이름을 소리 내어 순서대로 읽어봤다. 거의 들어본 적 없는 조그만 고장들이었다. 그런 고장이 도로를 따라서 끝없이 이어져 있었다. 몇 페이지를 읽고 나자 지난 며칠 동안의 피로가 거대한 파도처럼 갑자기 밀려왔다. 그리고 미지근한 덩어리가 핏속을 천천히 도는 느낌이 들었다.

자고 싶었다.

잠이 모든 걸 깨끗하게 없애줄 것만 같은 느낌이었다. 잠들 수만 있다면….

눈을 감자 귓속에서 파도 소리가 들려왔다. 방파제를 때리고, 콘크리트 호안 블록 사이를 누비듯이 빠져나가는 겨울의 파도였다.

이것으로 이제 아무에게도 설명하지 않아도 된다고 쥐는 생각했다. 그리고 바다 밑바닥은 어떤 고장보다도 따뜻하고, 평온함과 고요함으로 가득 차 있을 거라고 생각했다. 아니, 이제 아무것도 생각하고 싶지 않다. 더 이상 아무것도….

25

핀볼의 윙윙거리는 소리는 내 생활에서 완전히 사라졌
다. 그리고 갈 곳 없는 상념도 사라졌다. 물론 이것으로
『아서 왕과 원탁의 기사』에서처럼 '대단원'의 막이 내려
지는 건 아니다. 그것은 훨씬 훗날의 일이다. 말이 지치고,
검이 부러지고, 갑옷이 녹슬었을 때, 나는 강아지풀이 무
성한 풀밭에 누워서 조용히 바람 소리를 들으리라. 그리
고 저수지의 밑바닥이든, 양계장의 냉동 창고든 어디든지
좋다. 내가 가야 할 길을 가리라.

나에게 이 한때의 에필로그는 비에 젖은 베란다처럼 아
주 사소한 것에 지나지 않는다.

그런 것이다.

어느 날, 쌍둥이가 슈퍼마켓에서 면봉을 한 상자 사왔
다. 상자에는 300개의 면봉이 들어 있었다. 내가 목욕을
끝내고 나올 때마다 쌍둥이는 각각 내 옆에 앉아서 양쪽
귀를 동시에 청소해줬다. 두 사람은 귀 청소를 정말 잘했
다. 나는 눈을 감고 맥주를 마시며 두 개의 면봉이 귓속에

서 내는 사각거리는 소리를 들었다. 그런데 어느 날 밤, 귀 청소를 하는 도중에 재채기를 했다. 그 순간부터 양쪽 귀가 거의 들리지 않게 되어버렸다.

"내 목소리 들려?" 오른쪽이 물었다.

"아주 희미하게."

내 목소리가 코 안쪽에서 들려온다.

"이쪽은?" 왼쪽이 물었다.

"마찬가지야."

"재채기를 하니까 그렇지."

"바보 같아."

나는 한숨을 내쉬었다. 마치 볼링 레인 끝에서 스플릿 상태의 7번 핀과 10번 핀이 내게 말을 거는 것 같았다.

"물을 마시면 나을까?" 한쪽이 물었다.

"설마." 나는 화를 내며 소리쳤다.

그래도 쌍둥이는 내게 한 양동이만큼의 물을 마시게 했다. 배 속이 괴로울 뿐이었다. 귀는 아프지 않으니까 재채기할 때 귀지가 안쪽으로 밀려 들어간 게 틀림없다. 그것 말고는 생각할 수가 없었다. 나는 벽장에서 손전등을 두개 꺼내 쌍둥이에게 귀 안을 살펴보라고 했다. 두 사람은 바람구멍이라도 들여다보듯이 귀 안쪽에 빛을 비추면서 몇 분이나 검사를 했다.

"아무것도 없어."

"먼지 하나 없어."

"그럼, 왜 안 들리는 거야?" 나는 다시 소리를 질렀다.

"수명이 다 된 거야."

"귀머거리가 된 거야."

나는 두 사람을 더 이상 상대하지 않고, 전화번호부를 펼쳐서 제일 가까운 이비인후과에 전화했다. 전화기를 통해 들려오는 목소리는 몹시 알아듣기 힘들었는데, 그때문인지 간호사가 내 처지를 조금은 동정해주는 눈치였다. 문을 열어놓을 테니 서둘러 오라고 했다. 우리는 서둘러 옷을 입고 아파트를 나가서 도로를 따라 걸었다.

쉰 살 정도 되어 보이는 의사는 뒤엉킨 철조망 같은 머리 모양을 하고 있긴 했지만 매우 인상이 좋은 여자였다. 그녀는 대기실 문을 열고 손바닥을 탁탁 치며 쌍둥이의 입을 다물게 한 후, 나를 의자에 앉히고 별 흥미 없다는 듯이 도대체 어떻게 된 거냐고 물었다.

내가 설명을 끝내자 의사는 이제 알았으니까 더 이상 소리 지르지 말라고 했다. 그러고는 바늘이 달리지 않은 거대한 주사기 모양의 기구를 꺼내 누런색 액체를 그 안에 잔뜩 집어넣고, 내게 양철 메가폰 같은 걸 주더니 그걸 귀밑에 갖다 대라고 했다. 주사기가 내 귓속으로 들어갔고, 누런색 액체가 귓속에서 얼룩말 무리처럼 날뛴 다음 귀에서 넘쳐흘러 메가폰 속으로 떨어졌다. 그런 작업을 세 차례 반복한 다음 가느다란 면봉이 귓속으로 들어왔다. 양쪽 귀에서 그 작업이 끝났을 때, 내 귀는 완전히 예전 상태로 돌아와 있었다.

"들리는데요."

"귀지"라고 그녀는 간결하게 말했다. 꼭 끝말잇기 놀이를 할 때와 같은 느낌이었다.

"보이지 않았는데요."

"구부러져 있으니까요."

"?"

"당신 귓구멍은 다른 사람들 것보다 훨씬 많이 구부러져 있어요."

그녀는 성냥갑 뒷면에 내 귓구멍 그림을 그렸다. 책상 모서리에 박는 보강용 금속 부품과 비슷한 모양이었다.

"그러니까 당신 귀지가 이 굽은 곳 뒤로 넘어가면 누가 불러도 다시는 돌아오지 못해요."

나는 낮은 신음 소리를 냈다.

"어떻게 하면 좋을까요?"

"어떻게 하냐면요… 귀를 청소할 때 주의만 하면 돼요. 주의요."

"귓구멍이 다른 사람들보다 구부러져 있어서 뭔가 다른 영향을 받지는 않나요?"

"영향을 받다니요?"

"가령… 정신적으로."

"그런 건 없어요."

우리는 15분이나 먼 길을 돌아서 골프장을 가로질러 아파트로 돌아왔다. 11번 홀의 도그레그는 귓구멍을 연상시켰고, 깃발은 면봉을 생각나게 했다. 또 있다. 달에 걸쳐져 있는 구름은 B-52 편대를 연상시켰고, 무성하게 자란 서쪽 숲은 물고기 모양의 문진을 연상시켰으며, 하늘의 별은 곰팡이가 슨 파슬리 가루를 연상시켰고… 이제 그만두자. 어쨌든 귀는 예민하게 세계의 소리를 구별하고 있었다. 마치 세계가 한 장의 베일을 벗어버린 것처럼 느껴졌다. 몇 킬로미터나 떨어진 먼 곳에서 밤새가 울고, 몇 킬로미터나 떨어진 먼 곳에서 사람들이 창문을 닫고, 몇 킬로미터나 떨어진 먼 곳에서 사람들이 사랑을 속삭였다.

"다행이야." 한쪽이 말했다.

"정말 다행이야." 다른 쪽이 말했다.

*

테네시 윌리엄스는 이렇게 썼다. 과거와 현재에 대해서는 있는 그대로, 미래에 대해서는 '아마도'다, 라고.

하지만 우리가 걸어온 암흑을 되돌아볼 때, 거기에 있는 것 역시 불확실한 '아마도'뿐인 것 같았다. 우리가 확실하게 지각할 수 있는 건 현재라는 한순간에 지나지 않지만, 그것조차 우리의 몸을 그냥 스쳐 지나갈 뿐이다.

쌍둥이를 배웅하러 가는 동안 내가 줄곧 생각한 건 대충 그런 것이었다. 골프장을 빠져나가 두 정류장 정도를 걸으면서 나는 내내 입을 다물고 있었다. 일요일 오전 일곱 시, 하늘은 더할 수 없이 푸르렀다. 발밑의 잔디는 봄이 오기 전까지의 짧은 죽음에 대한 예감으로 가득 차 있었다. 머지않아 그곳에 서리가 내리고 눈이 쌓일 것이다. 그리고 투명한 아침 햇살을 받아 반짝거릴 것이다. 흰색을 띤 잔디가 우리 발밑에서 계속 바스락거리는 소리를 냈다.

"무슨 생각 해?" 쌍둥이 중 한쪽이 물었다.

"아무 생각도 안 해."

그녀들은 내가 준 스웨터를 입고, 맨투맨 티셔츠와 몇 벌 안 되는 갈아입을 옷을 넣은 종이봉투를 옆구리에 끼고 있었다.

"어디로 갈 거야?"

"원래 있던 곳으로."

"돌아가는 것뿐이야."

우리는 벙커의 모래밭을 지나고, 8번 홀의 쭉 뻗은 페어웨이를 통과해, 노천 에스컬레이터를 걸어서 내려갔다. 수많은 새들이 잔디밭과 철조망 위에서 우리를 내려다보고 있었다.

"표현은 잘 못하겠지만, 너희가 떠나면 무척 쓸쓸할 거야."

"우리도 그래."

"서운해."

"그래도 갈 거잖아?"

두 사람은 고개를 끄덕였다.

"정말 돌아갈 곳이 있는 거야?"

"물론이지." 한쪽이 말했다.

"그렇지 않다면 돌아가지 않아." 다른 쪽이 말했다.

우리는 골프장의 철조망을 넘어 숲을 빠져나가 버스 정류장 벤치에 앉아서 버스를 기다렸다. 일요일 아침의 정류장은 무척이나 조용했고 온화한 햇살로 가득 차 있었다. 우리는 햇살 속에서 끝말잇기 놀이를 했다. 5분쯤 지나 버스가 왔고 나는 쌍둥이에게 버스 요금을 줬다.

"어딘가에서 다시 만나자구."

"어딘가에서 다시." 한쪽이 말했다.

"어딘가에서 다시." 다른 쪽도 말했다.

그 말은 마치 메아리처럼 내 마음속에서 한동안 울렸다.

버스 문이 쾅 닫히고 쌍둥이가 차창 안에서 손을 흔들었다. 모든 것이 되풀이된다…. 나는 같은 길을 혼자 되돌아와 가을 햇살이 넘치는 방 안에서 쌍둥이가 남기고 간 「러버 소울」을 들으며 커피를 끓였다. 그리고 하루 종일 창밖을 스쳐 지나가는 11월의 일요일을 바라봤다. 모든 것이 투명하게 비쳐 보일 것 같은 11월의 조용한 일요일이었다.

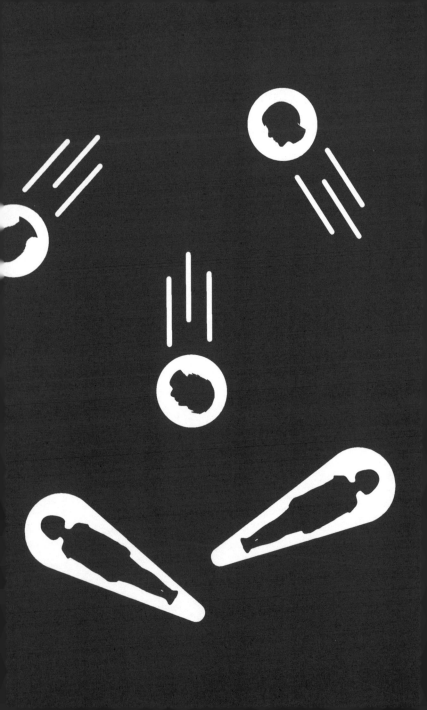

작가의 말

부엌 테이블에서 태어난 소설 2

『1973년의 핀볼』은 『바람의 노래를 들어라』를 쓴 이듬해에 쓴 두 번째 장편(실질적으로는 중편이라 해야 할 것이다) 소설이다. 이 작품은 데뷔작 『바람의 노래를 들어라』와 세 번째 작품 『양을 쫓는 모험』 사이에 끼어, 왠지 존재감이 희박해진 듯한 분위기가 있지만(적어도 나는 그렇게 느낀다), 여기에는 그 이후의 내 소설에 전개될 다양한 요소가 처음으로 등장한다. 전체적으로 말하자면 『바람의 노래를 들어라』와 마찬가지로 아직 습작의 영역을 벗어나지 못한 작품이라고 생각하지만, 나 스스로 이 소설에 대해서는 적잖은 애착을 갖고 있다. 나는 이 작품에서 처음으로 나 자신의 생각을 한 대상에 집중할 수 있었다. 그것은 환상의 핀볼 머신이다. 주인공인 '나'는 그 기계를 찾아 여행을 한다. 이런 플롯이랄까 구조가 내 마음과 잘 융

합이 되었다.

나는 이 작품 역시 일하며 썼다. 『바람의 노래를 들어라』를 쓸 때처럼 밤중에 부엌 테이블에서 썼다. 쓰는 데 힘들었다는 기억은 없다. 쓰고 싶어 견딜 수가 없었고, 『바람의 노래를 들어라』 때와는 달리 술술 써나갔다. 여기에는 테제(결과적인 테제)가 풀이되어 있다. 그것은 이미 테제일 필요가 없어졌기 때문이다. 테제가 희박해짐에 따라, 자발적인 스토리가 내 머리를 지배하게 되었다. 소설이 자립하여 홀로서기를 시작하게 된 것이다. 어떻게 하면 되는 것인지 나는 이미 알고 있었다. 물론 알아도 마음먹은 대로 써지지 않는 부분이 많았다. 하지만 언젠가는 반드시 쓸 수 있게 되리라는 하트 워밍적인 낙관(신인 작가에겐 이것이 필요하다)의 도움으로, 별 막힘 없이 이 소설을 완성했다. 소설 자체의 힘이 딱딱한 껍질을 깨고 얼굴을 내밀기 시작한 것이다. 분명한 반응 같은 것을 느낄 수 있었다.

그리고 이 작품이 부엌 테이블에서 쓴 마지막 장편소설이 되었다. 그후 나의 생활은 완전히 바뀌어, 풀타임 전업 작가로 일하게 되었다. 그런 의미에서, 『바람의 노래를 들어라』와 『1973년의 핀볼』에 깊은 애착을 느낀다. 이 두 책에는 수많은 추억이 배어 있다. 즐거운 일도 있었고, 떠올리기조차 싫은 일도 있었다. 하지만 이 작품은 어떤 종류의 불완전함과 표리일체로 성립하고 있다고 생각한다. 나중에 전집을 묶었을 때 많은 단편에 다소 손질을 가했지만, 이 두 작품에 한해서는 전혀 손질을 하지 않았다. 손을 댔다가는 끝이 없으리란 생각 탓도 있었지만, 구태여 손질하지 않아도 좋으리란 생각 쪽이 강했다. 혹 독자 여러분은 불만을 품을지도 모르겠다. 하지만 이해해줬으면 한다. 이것이 당시의 나였고, 결국은 시간이 흘러도 바로 나이기 때문이다.

村上春樹

한없는 허무 속 불빛 같은 하루키 문학

— 권택영(문학평론가, 경희대 영문학과 교수)

1973년에 당신은 무엇을 했는가? 꼭 그해가 아닐지라도 우리는 지난날을 되돌아봤을 때 전환점이 되는 지점을 발견한다. 실패를 딛고 다시 일어서던 해, 깨달음을 얻고 태어나던 해 말이다. 그런데 바로 그 새로운 시작은 절망의 끝이 아니었던가? 입구가 곧 출구가 아니었냐고 무라카미 하루키는 묻는다.

무라카미 하루키는 전집을 묶으면서 단편들을 손질했지만 초기에 쓴 이 작품만은 손대지 않았다고 말했다. 그것이 "당시의 나였고, 결국은 시간이 흘러도 바로 나이기 때문"이라고.

그렇다면 무엇이 변치 않는 나 자신의 모습일까. 잠깐 낮잠이 든 사이에도 나뭇잎이 시퍼렇게 커버리는데 변치 않는 것이 과연 있을까. 우리는 날마다 조금씩 죽어가면서 살고, 주인공 쥐가 말하듯이 "어떤 진보도, 또 어떤 변화도 결국은 붕괴하는 과정에 불과"한데 언제나 변함없는 나의 모습이란 과연 있을까.

프랑스 정신분석학자인 라캉은 인간의 욕망을 이렇게 풀이한 적이 있다.

"길가에서 강도를 만났을 때 돈이 아까워 목숨을 내놓는 바보는 없다. 살기 위해 강도에게 돈을 빼앗긴 우리는 주머니가 텅 비었기에 늘 공허하다. 그래서 무언가에 몰두하고 누군가를 사랑한다. 그렇지만 사랑도, 일도 텅 빈 주머니를 완벽히 채우지 못한다. 살기 위해 돈을 빼앗긴 텅 빈 주머니, 이것이 불안과 허무의 근원이다. 그런데 그 주머니는 괴물이어서 우리가 성급하게 채우려 들면 오히려 심술을 부린다. 삶의 지혜는 이 요술 주머니를 어떻게 다루냐에 있다."

무라카미 하루키에게 이 텅 빈 주머니는 깊은 우물이다. 존재의 근원적 무로서 우물은 그의 소설에서 되풀이되는 중요한 은유다. 인간은 맑은 물을 얻기 위해 우물을 팠지만 그것은 동시에 우리의 발목을 잡는 함정이 된다. 노르웨이의 깊은 숲속에 있던 함정들처럼 우물은 인간이 살기 위해 파놓은 마음속의 우물이다. 그 위로 환상의 새가 날아다닌다.

삶의 한복판에 뻥 뚫린 우물, 결코 채울 수 없는 우물 때문에 우리는 환상을 만들지 못하면 살 수 없다. 그러나 이 소설에서 주인공이 칸트의『순수이성비판』을 안고 잠자리에 들듯이 우리는 환상의 알맹이를 동시에 볼 수 있어야 한다. 환상에서 영원히 벗어나지 못하면 우물의 깊은 나락에서 다시 지상으로 올라올 수 없기 때문이다. 깊은 우물을 어루만지던 나른한 슬픔, 그 한없는 허무 가운데 가느다란 불빛이 있다. 그것이 하루키 문학의 구원이다. 아픔 속에서 조심스럽게 지켜보면 얼핏 보이는 가느다란 끈, 그것이 하루키 문학이 우리를 사로잡는 이유다. 우리를 다시 살게 만드는 끈을 찾는 여행, 아무것도 아닌 삶에 아름다운 무늬를 만드는 긴 여행이 이 소설의 주제다. 그리고 주인공 '나'는 또 다른 인물 '쥐'이자 시간이 흘러도 변치 않는 작가 자신이며 우리의 모습이다.

'나'와 핀볼 — 탐색의 대상인 동시에 반성적 주체인 핀볼

주인공 '나'는 먼 곳의 이야기를 듣는 것을 좋아한다. 토성이나 금성의 이야기. 그에게 캠퍼스의 학생운동은 꽁꽁 얼어붙은 토성에서 일어나는 이야기고, 서른 살밖에 살지 못하는 젊은이들의 사랑은 습하고 무더운 금성에서 일어나는 이야기다. 그러나 사실 토성과 금성은 자신의 대학 시절 두 모습이다. 혁명을 외쳤지만 실패할 수밖에 없었던 학생운동과, 사랑했지만 죽음으로 떠나보낼 수밖에 없었던 한 여자에 대한 기억은 그의 과거이지만 아직도 헤어나지 못하는 현실이다. 둘 다 환상이지만 현실이요, 기억이지만 여전히 그의 삶을 지배한다. 그러기에 학생운동의 부조리한 현장을 빠져나와 나오코와 나눈 사랑을 그는 아주 먼 곳에서 일어났던 이야기처럼 듣고 싶어 한다.

밖에서는 기계적인 번역 일로, 그리고 집에서는 그림자처럼 붙어 있는 쌍둥이 자매와 시간을 보내는 그에게 배전반을 바꾸러 온 사람이 낯설듯이, 시간은 과거 어느 지점에 멈춰 있다. 쌍둥이 사이에서 잠을 자며 그들과 산책하고 대화를 나누지만 그들은 그의 마음속으로 들어오지 못한다. 나오코의 그림자처럼 그저 그에게 붙어 있을 뿐이다. 죽은 나오코는 그가 피와 살이 있는 어느 누구와도, 열정을 부을 수 있는 다른 무엇과도 교류하지 못하도록 가로막고 있다. 집에서는 쌍둥이(너무도 외로워서 그가 창조해낸 여자들일까)에게 의지하고 밖에서는 번역 일에 몰두

하지만, 그는 한때 핀볼이라는 기계에 미친 적이 있다. 나오코가 죽은 직후 한동안 그는 미친 듯이 그 기계를 사랑했다. 이렇게 하여 핀볼 이야기가 시작된다.

핀볼 이야기는 1973년 5월, 그가 나오코가 말했던 개를 만나고 돌아온 후인 9월부터 시작된다. 아르바이트로 번 돈의 대부분을 바치게 했던 핀볼 머신은 얼마 후 가게가 없어지면서 행방을 감추었다. 그러므로 소설이 시작되는 1973년 9월부터 소설이 끝나는 11월까지는 사라진 핀볼 머신을 찾아 헤맨 결과를 경험하는 시간이다. 그토록 찾으려 애썼던 핀볼 머신과의 대면이 소설의 시간이다. 불과 3개월간의 이야기가 소설의 핵심이고 이 알맹이는 과거의 기억들에 의해 부드럽게 감싸여 있다.

대학 강사인 핀볼 마니아는 그가 찾는 모델이 전국에 단 세 대밖에 없으며 그중에서 그가 찾는 그녀, '스페이스십'은 고철로 팔려 이미 망가졌을 것이라고 말해준다. 핀볼 머신에 관한 역사, 그가 나누었던 그녀와의 접촉과 대화는 나오코와의 사랑 이야기보다 구체적이고 상세하고 열정적이다. 그러나 바로 그 열정의 크기는 나오코에 대한 지울 수 없는 열정의 크기였다. 죽은 나오코의 자리를 고스란히 핀볼 머신에 바친 것이다. 마니아들의 열정을 묘사하는 하루키의 기법은 너무나 구체적이고 진지하여 독자를 감동시킨다. 우리는 텅 빈 주머니를 채우지 않고는 살 수 없기에 핀볼 머신은 죽은 나오코를 대신하여 욕망의 대상인 '오브제 프티 아objet petit a'가 된 것이다.

욕망의 대상은 살기 위해 만든 환상이지만 그것은 우리를 지배한다. 나오코의 죽음에서 벗어나지 못하는 '나'는 핀볼 머신의 행방을 추적한다. 그리고 드디어 그녀를 차가운 냉동 창고에서 대면한다. 외딴곳의 커다란 냉동 창고는 무덤처럼 차갑고 한번 들어가면 다시는 못 나올 것처럼 공포의 분위기를 풍긴다. 그가 계단을 천천히 내려갈 때 78대의 죽은 기계들은 침묵을 지킨다. 콘크리트 바닥에서 죽은 닭 냄새를 풍기며 일렬로 서 있는 기계들은 그가 나누었던 스페이스십의 다정함과는 거리가 멀다.

당신 탓이 아니야, 하고 그녀는 말했다. 그러고는 몇 번이나 고개를 저었다. **당신은 잘못하지 않았어, 열심히 노력했잖아.**

아니야, 하고 나는 말했다. 왼쪽의 플리퍼, 탭 트랜스퍼, 9번 타깃. **아니라니까. 난 아무것도 할 수 없었어. 손가락 하나 움직일 수 없었지. 하지만 하려고 마음만 먹었다면 할 수 있었을 거야.**

사람이 할 수 있는 건 한정돼 있어, 하고 그녀는 말했다.

그럴지도 모르지. 하지만 무엇 하나 끝나지 않았어. 아마 언제까지나 똑같을 거야, 하고 나는 말했다. 리턴 레인, 트랩, 킥 아웃 홀, 리바운드, 행잉, 6번 타깃⋯ 보너스 라이트.

121150, **끝났어, 모든 것이**, 하고 그녀는 말했다.

이 대화는 나오코와 나눈 대화가 아니다. 그가 핀볼의 주술에 빠져 기계와 나눈 대화다. 그러나 우리는 이것이 나오코에 대한 그의 후회와 기억과 끝나지 않는 사랑이라고 유추할 수 있다. 그런데 그를 기다리고 있는 것은 부드럽고 따스한 연인이 아니라 차갑게 굳은 침묵의 현장이다. 그는 "이런 식으로 그녀와 만나고 싶지는 않았다. 그녀도 아마 마찬가지일 것이다"라고 말한다. 기계들은 다리를 단단히 바닥에 박고, 갈 곳 없는 무게를 묵묵히 참고 있었다. 애처로운 광경이었다. 그는 혼자 휘파람을 부르고 혼잣말을 해보지만 기계들은 끄떡도 하지 않는다. 냉기가 뼛속까지 스며드는 냉동 창고에서 그는 마침내 잠든 기계들을 깨울 전원 스위치를 찾는다. 갑자기 한 줄로 늘어선 78대의 기계들이 삶으로 가득 차고 한 대, 한 대가 필드에 다양한 원색과 꿈을 그려낸다. 그토록 찾아 헤맸던 스페이스십과 재회한 그는 그녀와 하지 못한 많은 이야기들을 나눈다. 죽은 나오코와 핀볼 머신을 통해 재회하는 이 장면은 이 소설에서 가장 감동적인 부분이다. 그리고 그녀와 헤어지면서 그는 깨닫는다.

그녀는 빙긋이 미소 지은 채 잠시 허공에 눈길을 줬다. 왠지 이상해, 모든 게 실제로 일어난 일 같지가 않아.

아니, 정말로 일어난 일이야. 다만 사라져버렸을 뿐이지.

괴로워?

아니, 하고 나는 고개를 저었다. 무에서 생겨난 것이 본래의 자리로 돌아간 것뿐인데 뭐.

우리는 다시 입을 다물었다. 우리가 공유하고 있는 건 아주 오래전에 죽어버린 시간의 단편에 지나지 않았다. 그래도 얼마 안 되는 그 따스한 추억은 낡은 빛처럼 내 마음속을 지금도 여전히 방황하고 있다. 그리고 죽음이 나를 사로잡아서 다시금 무의 도가니에 던져 넣을 때까지의 짧은 한때를 나는 그 빛과 함께 걸어갈 것이다.

그는 나오코와 미처 나누지 못한 말들을 핀볼 머신과 나누면서 깨닫는다. 그를 사로잡았던 환상의 실체는 차가운 침묵의 시체였다. 그리고 삶이란 단지 전원 스위치를 올려 딱딱한 기계를 부드러운 온기로 채우는 아주 짧은 시간에 지나지 않는다. 서로 사랑과 이해를 나누는 그 짧은 순간이 무에서 태어나 무로 돌아가는 우리의 삶인 것이다.

어둡고 차가운 창고 속에서 누가 전원 스위치를 찾아 켜서 밝은 생명을 불어넣었던가. 바로 '나'였다. 삶이란 그리 무거운 것이 아니었다. 혁명도, 사랑도 가벼운 것이었고 그것이 우리를 살게 만드는 힘의 원천이었다. 우물이 여기저기에 함정을 드리운 현실에서 텅 빈 주머니를 채울 주체는 '나'지만 그것은 무거운 혁명이 아니라 일상의 부드러움과 이해라는 가벼움이었다. 무거움은 우리를 사로잡아 고착시킨다. 그러나 가벼움은 불완전함의 영원한 반복이고, 그것이 삶이요 사랑이다.

불완전함의 반복은 환상의 실체를 볼 줄 알면서 동시에 그 환상을 다시 시작하는 것이다. 그러기에 핀볼 머신을 찾는 입구는 동시에 그것에서 벗어나 다시 시작하는 출구였다.

핀볼 머신은 화자가 찾는 탐색의 대상이지만 동시에 화자로 하여금 스스로를 볼 수 있게 해주는 반성적 주체였다. 그리고 이런 역동적인 중층 구조는 쥐에 관한 서술로 다시 한번 되풀이된다.

'나'와 쥐—과거와 현재의 덫에 갇힌 쥐의 출구 찾기

이 소설에서 가장 구체적인 중심 이야기는 핀볼을 찾아 그녀와 마지막으로 상면하는 이야기다. 그것은 사실, 나오코의 실체와 대면하고 그녀와의 추억을 간직한 채 다시 살기 위해 그가 치러야 하는 경건한 의식이었다. 그런데 소설에서는 이런 '나'의 경험과 또 다른 인물인 쥐의 이야기가 교차된다. 쥐 역시 과거의 덫에 갇혀 출구를 찾지 못하고 있었다. 그가 부유한 집안의 아들이었으나 학생운동과 관련되어 학교를 그만두었다는 막연한 암시 외에, 분명히 제시되는 이유는 없다. 그는 섹스와 죽음이 없는 소설을 쓰려는 작가 지망생이다. 그러나 자주 드나들어 정이 든 바텐더 J와 나눈 대화에서 보듯이 25년을 살아오면서 "무엇 하나 몸에 익히지" 못한다. 작가의 분신인 듯한 J는 말한다. "아무리 흔해 빠지고 평범한 것에서도 반드시 무언가를 배울 수 있어. 그 어떤 이발사에게도 철학은 있다는 글을 어디선가 읽은 적이 있어. 실제로 그렇게 하지 않으면 아무도 살아남을 수가 없는 거지."

그러나 쥐가 그것을 깨닫기 위해서는 좀 더 방황과 결단이 필요했다. 그는 맥주를 마시고 방황하면서 안개 자욱한 항구 마을에서 떠나지 못한다. 그리고 그녀의 환상에 사로잡힌다. 중고 전동타자기를 구매하려고 만나 관계를 가지게 된 그녀. 자신을 찾기 위한 그의 노력은 마침내 그녀의 환상에서 벗어나기 위한 결별에서 시작된다. 그리고 오랫동안 정이 든 J를 떠나면서 과거의 기억에서 벗어난다. 자신을 사로잡던 과거의 망령에서 벗어나는 과정은 '나'의 핀볼 찾기와 엇갈려 서술되고, '나'가 핀볼 머신과 상면하는 순간과 거의 같은 시기에 쥐도 그 고장을 벗어난다. '나'는 과거와 현재의 덫에 갇힌 쥐에게 출구를 찾게 해준다. 비로소 쥐는 소설을 쓸 수 있을 것이다. 섹스와 죽음을 더 이상 거부하지 않을 소설가, 그는 바로 변함없는 작가의 모습이 아니었을까.

핀볼에 관한 이 소설은 세 개의 이야기가 하나로 묶인 중층 구조를 이룬다. 혹시 무라카미 하루키는 자신의 여러 가지 기억과 욕망들을 이렇게 세 개의 이야기로 반복하고 있는지도 모른다. 그가 먼 훗날, 『해변의 카프카』에서 말하듯이 삶이란 불완전함의 반복이기 때문이다. 삶의 운전대를 잡고 완벽한 음악을 들으면 그는 자살하고 싶어질 것이다. 완벽함은 텅 빈 주머니를 단 한 번에 채워버리는 죽음이기 때문이다. 삶은 우물의 함정이 파인 땅 위를 걷는 불완전함의 반복이다. 마치 같은 모티프가 다르게 반복되면서 음악이 태어나듯이 이 소설은 세 개의 서술이 다르게 반복된다. 그리고 그의 전 작품들은 우물의 모티프를 다르게 반복한다.

『1973년의 핀볼』은 삶은 우리가 주인이 되어 전원 스위치를 올리는 것 외에 아무것도 아닌 것을 암시하는 소설이다. 입구는 출구요, 절망의 끝은 새로운 시작이다. 굳은 시체에 열정 불어넣기를 반복하지 않으면 우리는 그저 썩어가는 몸에 불과할 뿐이다. 우리는 환상을 끝없이 다르게 반복한다. 마치 핀볼 이야기를 반복하듯이.

무라카미 하루키는 훗날 다르게 되풀이될 아름답고 슬픈 나오코와의 사랑 이야기를 이렇게 다른 기법으로 제시했다. 인간의 사랑과 환상과 죽음이라는 진부함을 핀볼 마니아를 통해서 슬프고 아름답게 보여준다. 이것이 굳은 언어의 시체에 열정을 불어넣는 기법이 아닐까 생각해본다.

이 작품은 『바람의 노래를 들어라』와 같은 주인공들을 등장시키면서도 전혀 다른 이야기를 풀어나가고 있다는 점에서 무라카미 하루키의 작가적 역량을 보여주고 있다. 특히 한국 독자들이 관심을 가질 수 있는 부분은 『상실의 시대』에서 와타나베 토오루와 가슴 아픈 사랑을 나누다가 결국 죽음을 택함으로써, 사랑하는 이를 잃는다는 것이 어떤 것인가를 가슴 깊이 깨닫게 해준 나오코의 흔적을 처음 발견할 수 있는 작품이라는 점이다.

1973년 5월, '나'는 혼자서 어떤 작은 역을 찾아간다. 나오코로부터 그 역에 플랫폼 이 끝에서 저 끝까지 어슬렁거리며 다니는 개가 있다는 이야기를 들었는데, 그 개를 보기 위해서였다. 그러나 그 이야기를 해줬던 나오코는 이미 죽고 없다. 즉 이 소설은 '나오코의 죽음=상실'이라는 도식을 처음 보여준 소설이라고 할 수 있다.

무라카미 하루키의 작품을 번역하면서 언제나 하루키라는 사람 자체에 대한 궁금증을 갖고 있었다. 독특한 상상력과 표현력, 허를 찌르는 비유, 그리고 작품마다 배어 있는 서정적이면서도 조금 우울한 상실의 느낌 때문이었다.

　『1973년의 핀볼』은 이러한 궁금증에 대해 어느 정도 해답을 주는 작품이다. 어둡고 쓸쓸했던 작가 자신의 젊은 날을 그린 자전적 소설이기 때문이다. 따라서 이 작품 속 '나'와 '쥐'의 모습을 통해 무라카미 하루키라는 사람의 실제 모습을 조금 짐작해볼 수 있었다. 물론 무라카미 하루키는 자신이 그리고자 하는 것을 노골적으로 드러내놓고 이야기하지는 않는다. 단지 그가 갖고 있는 생각, 특히 상실이라는 느낌을 소설 속에 그려놓았을 뿐이다.

　『1973년의 핀볼』 또한 『바람의 노래를 들어라』와 마찬가지로 간결하고 평이한 문체로 쓰였다. 자칫 무거워질 수도 있는 주제를 가벼우면서도 의미 있는 문체로 다루는 무라카미 하루키만의 작가적 재능이 한껏 펼쳐진 작품이다. 이렇듯 가벼운 문장과 그 안의 깊은 의미를 한 가지도 빠짐없이 옮기기 위해 한 자 한 자 번역하면서 성심을 다했다. 하지만 혹여 미흡한 점이 발견되면 독자들의 고견을 보내주기 바란다.

1973년의 핀볼

1판 1쇄 2004년 4월 30일
2판 1쇄 2007년 12월 3일
3판 1쇄 2025년 2월 10일
3판 2쇄 2025년 3월 10일

지은이   무라카미 하루키
옮긴이   윤성원

펴낸이   임지현
펴낸곳   (주)문학사상
주소   경기도 파주시 회동길 363-8, 201호(10881)
등록   1973년 3월 21일 제1137호

전화   031) 946-8503
팩스   031) 955-9912
홈페이지 www.munsa.co.kr
이메일   munsa@munsa.co.kr

ISBN   978-89-7012-036-2 03830

잘못 만들어진 책은 구입처에서 교환해 드립니다.
가격은 뒤표지에 표시되어 있습니다.